小学館文庫

後宮の髪結師は月に添う

柊 一葉

小学館

目次

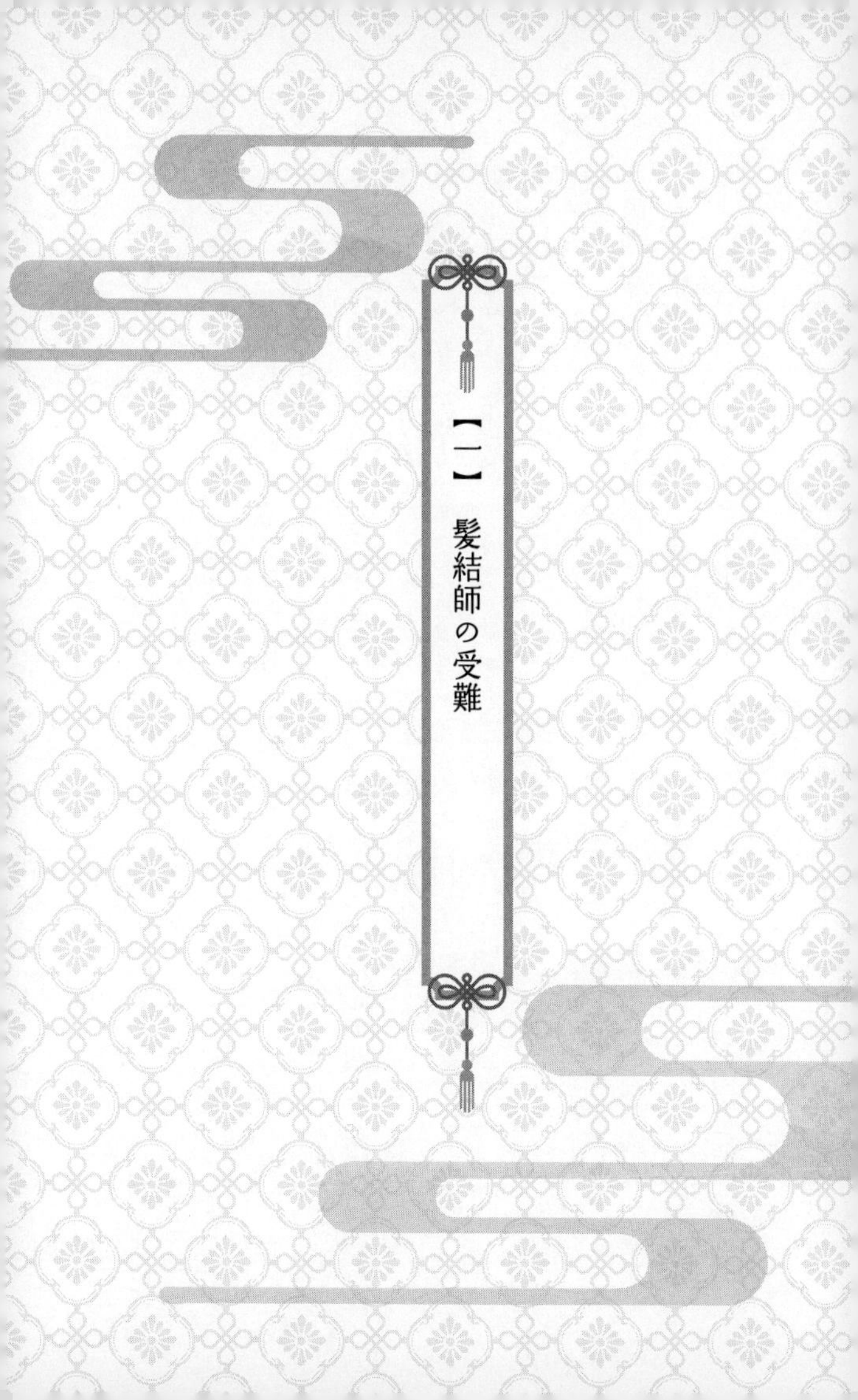

【一】 髪結師の受難

時は移ろい、人は変わる。

後宮という閉ざされた世界ですら一掬の変化は起きていた。

(それにしても変わりすぎでしょう?)

上等な桃色の襦裙を纏った向朱亜は、宮廷の廊下で自分に対して恭しく頭を下げる官吏たちの姿に動揺する。

(本来なら私も頭を下げる側ですが!?)

朱亜は後宮の髪結師だ。

生まれも育ちも庶民である。

(まさか人に頭を下げられる日が来ようとは……)

この世に変わらないものなどない。わかっていても、できることなら晴れた空をゆっくりと流れる雲のように穏やかな変化であって欲しかった。

朱亜は十歳で見習いとして後宮で勤め始め、毎日のように妃たちの髪を結い続けてきた。

二十歳という若さで最高位の四妃から指名されるほど技術は上達していたが、その立場はあくまで一介の使用人に過ぎない。

それがこの五カ月でありとあらゆることが激変してしまった。

（気まずすぎる。一刻も早くここを通り抜けたい）

衣擦れの音さえ聞こえる静寂。堪らず歩くのが速くなっていく。

――あれが噂の寵妃様か。

――御名のほかはすべて謎だとか。なんと美しい黒髪だろう……！

――まさに傾城傾国、皇子殿下に見初められるのも納得の髪だ。

官吏らのひそひそ声が聞こえてくる。皆、朱亜に興味津々である。

（髪を褒められるのは嬉しい。でも……ううっ、居心地が悪い）

心の声が漏れ出ないように、動揺を悟られないように。朱亜はこの事態を招いた人物の下へと急ぐ。

宮廷の庭にやって来ると、かつて絶世の美姫が欠かさず朝露を飲んだと言われる紅紫色の薔薇が咲き誇っていた。

（朝露より、花びらを煮沸抽出するか蒸留した方が髪にいい薬液が作れるのに）

摘んで持ち帰ったら叱られるだろうか？　一瞬そんな雑念がよぎるも、どんな花も圧倒する美しい青年が視界に入ったことではっと我に返る。

第三皇子で次期皇帝の怜新である。

振り向いたとき、赤銅色の長い髪がさらりと揺れた。

銀で作られた冕冠は朱亜が選んだものだった。

（ああ、この方にはやはり〝銀〟がよく似合う）

それを伝えたところで喜ばないだろうから、思うだけに止めておく。

「朱亜、よく来てくれた。会いたかった」

彼は嬉しそうに言った。形のいい目を愛おしげに細め、まるで本当に恋焦がれているかのようだ。

いつもは険しい表情で冷たい雰囲気を放っているのに、こんな風に笑顔を見せるときは二十三歳の青年らしさを感じる。

朱亜も微笑みながら怜新に近づき、「私もお会いしたかったです」と大げさに返す。

愛し合う二人の束の間の逢瀬……ということになっているので、周りの者が困惑するくらい仲睦まじい空気を醸し出さなければならない。

「すっかり春ですね」

「そうだな」

わざわざ宮廷の庭に呼びつけたのは薔薇が見頃を迎えていたからか、と朱亜は納得する。

怜新はそっと朱亜の肩に腕を回し、寵妃をかわいがるそぶりを見せた。

「そなたは今日も美しい。仙女が降臨したようだ」

「あら」

(自分よりはるかに美しい人から褒められるのは気まずい……でも何も考えないことにしよう。だって今の私は『職業、寵妃』なのだから)

できるだけ嬉しそうに、にっこりと笑って怜新を見つめる。

「このように心を奪われたのは初めてだ。朱亜とずっとこうしていたい」

「私もです」

寄り添いながら、心の中ではよくもまあそんな嘘がつけたものだと感心した。

「ひと時も離れたくない。愛している」

本当にお上手になりましたね!?

最初の頃は気の利いたことの一つも言えなかった方が、今では周囲の者がすっかり騙されるほどの演技力だ。

官吏や尚書、護衛武官らは朱亜が寵妃だとすっかり信じてしまっている。

すべてが偽りだと知っていても、怜新の手のぬくもりや甘い言葉に騙されそうで恐ろしい。

胸にもたれかかれば、彼の赤銅色の髪が視界に入った。

(綺麗な赤……我ながらいい仕事をしたな。陽の下で見るとより美しく見える)

ついつい髪結師としての自分が出てきてしまう。

「朱亜？」

「あっ、えっと、私を愛しているんでしたっけ？　はい、私もお慕いしております！」

怜新の目が呆れたように眇められた。

ごめんなさい、と小さな声で呟いた朱亜はそっと目を伏せる。

（だって目の前に極上の髪があるんだから仕方がない！）

手を伸ばせば触れられる距離に美しい赤髪があり、朱亜はまたついつい目で追ってしまう。

「はぁ……好き。触りたい」

「そういうことは目を見て言え」

「!?」

朱亜の視線がどこへ向かっていたのか、怜新はわかっているようだった。

（目を見て言ったら、本当に好きだと思われるでしょう!?）

まさか声が漏れていたとは。朱亜は慌てて口元を袖で塞ぐ。

「今宵も朱亜の宮へ行く。待っていてほしい」

「はい、お待ちしております」

怜新が訪ねてくるのは毎夜のことで、朱亜は『本来の仕事』のために起きていなければならない。

五カ月前に取引をしてからというもの昼夜逆転の生活をする羽目になっていて、今日はこのように二人の仲睦まじい姿を見せつけるという臨時出勤のせいで一睡もしていなかった。

夜の仕事のことを考えれば、今すぐ宮へ戻って仮眠したくなってくる。

「ふ……」

(いけない。ついあくびが出そうに)

牡丹(ぼたん)の刺繍(ししゅう)が入った丸扇で口元を素早く隠し、朱亜は笑みを浮かべるふりをしてあくびをどうにか抑える。

「おい?」

笑顔のままで怜新が小声で叱る。

二人を遠巻きに見ている官吏たちに気づかれなくても、さすがにこの近さではごまかせなかったらしい。

怜新は、大きな手で朱亜の右手をそっと取ると己の口元に持っていき柔らかな唇を押し当てた。

「ひっ」

(何をするんですか!?)

慌てて手を引っ込めたら、怜新は面白がって笑っていた。

からかわれたことに気づいた朱亜は、恨みがましい目を向ける。

「我が妃はとても愛らしい。生涯手放したくないな」

「お戯れを、怜新様」

「嫌か？」

「幸せすぎて涙が出そうです。ふふ……」

あくびを我慢したので、眦に涙がじわりと滲んでいる。

（こんなことをずっと続けるのは無理だ）

すべては髪結師として生きていくため。

朱亜は精いっぱいの笑みを浮かべ、命じられた通りに寵妃を演じる。

（まったく、どうしてこんなことになったんだか？）

思い起こせば五ヵ月前。あのときは何の疑いもなく、ずっと髪結師としての日々が続いていくものだと信じていた――。

朱苑国は、鳳凰を崇める国である。

代々この国を治めてきた皇族は特別な赤い髪を受け継いでいて、鳳凰の化身である証（あかし）とされている。

季節は冬。後宮内のあちこちに藍色の火鉢が置かれている。

この時期は体調を崩しやすい。朱亜は使用人用の食堂で体によいとされる生姜湯（しょうがゆ）を口にしながら、使用人仲間と休息を取っていた。

雑談の最中、「昨夜は皇帝陛下が後宮においでだった」と宦官（かんがん）の呉明扇（ごめいせん）が言う。

彼とは後宮へ来た十年前からの知り合いだ。市井に置いてきた娘と朱亜が同じ年ということで何かとよくしてくれて、食堂でしばしば会話する仲だった。

朱亜は『皇帝陛下』と聞いた瞬間、湯呑（ゆのみ）を握り締め興奮ぎみに尋ねる。

「皇帝陛下の髪はどんな赤ですか!?　明るめ？　それとも暗めの赤？」

「え？　赤は赤だよ」

彼は困惑ぎみに答えた。

「赤にも色々あるでしょう？　目が覚めるような緋色（ひいろ）とか少しくすみのある深紅とか、楓（かえで）のような紅葉色とか！　柘榴（ざくろ）色とか茜（あかね）色とか紅樺（べにかば）色とか」

「そんな違い、俺にはわからん」

この国では、人の美醜を判別する上で『髪の美しさ』が最も重要視される。

古（いにしえ）より直毛であること、艶を放っていること、そして肩甲骨より長く伸ばすことの三つが求められてきた。

　美の基準はほかにもあるが、この国の民は髪へのこだわりが特に強い。

　髪色は、濃い方が好まれる。国民のほとんどは黒褐色系の髪をしているが、黄赤色系と白銀系も少数派だが存在する。中でも最も素晴らしい色とされるのは『皇族の赤』。鳳凰の化身とされる皇族にのみ受け継がれる尊い色だ。

　民はそれに憧れ、理想とする。

　皇族の赤髪とは違っても、赤みを帯びた髪を持つ者は周囲の羨望を集め、生涯食い扶持に困らないほどだ。

　とある街に生まれた赤茶色の髪の娘は、成長するにつれて多くの男性から求婚され、貢ぎ物だけで御殿が建ったという。

　しかし、本物の皇族の赤は別格だ。皇族は宮廷官吏でも後宮の使用人でもごく一部の者しか拝謁できず、朱亜はまだ本物を見たことがない。

「いつか皇帝陛下のお姿を見られるかなと期待して十年ですよ？　壁をよじ登るわけにもいかず、物陰に潜むわけにもいかず……！」

「おまえが思いとどまっていてよかったよ。そんなことすれば処刑されるぞ」

　どうにかならないかと嘆く朱亜だったが、明扇の答えは無情だった。

「こればかりは仕方ないな。髪結師とはいえ妃付きじゃあ、支度を終えたらすぐさま下がらなきゃいけないから」

「でも見たいんです！」

「位を上げればそのうちお目にかかれるだろうさ」

「あと何年かかることか」

想像だけなら何度もした。

朱亜は己の理想の髪を思い浮かべ、うっとりとした表情で語る。

「あぁ……風にサラサラと流れるまっすぐな髪……心を揺さぶる濃い赤の色。指に吸い付くような手触りで、編み込んでも一本一本のハリと輝きが失われない至高の髪だと噂では聞いています！　私もいつか触ってみたい……」

興奮する朱亜とは対照的に、明扇は冷めた目で朱亜を見ていた。朱亜の髪へのこだわりは理解できないらしい。

「髪の変態め」

「いえ、私はまだその域に到達できていません」

「褒めてる風に受け取るなよ？　呆れてるんだよ」

髪結師は、見習いを含めても後宮に三十人ほど。

その中でも朱亜は、特に髪への執着心が強く仕事漬けの日々を送っていた。

「髪って面白いんですよ？　人によって断面が真ん丸か楕円（だえん）形か違いますし、赤い髪はおそらく水分が抜けやすい細めの髪だと思うんです。私はいつかご指名を受けられるように――」

「おまえ本当に滑舌がいいな。宮廷で噺家（はなしか）をやったらどうだ？」

「髪の話だけをする噺家ですか？　指が動かなくなったらその道もあるのか……」

髪のことになるとつい前のめりになってしまうという自覚はある。話を遮られたことでようやく自制できた朱亜は続きの言葉を飲み込んだ。

「そういえば、皇帝陛下は御年四十五歳。次期皇帝には第三皇子の怜新様を指名なさって五年経（た）つ。そろそろ帝位を退くおつもりかもな」

「ああ、そんな噂はあちこちで耳にします」

皇帝陛下には六人の皇子と七人の公主がいる。

皇位継承者は必ず皇族特有の『赤』を持つ成人男子であることが条件とされていて、それを満たしているのは第一皇子と第三皇子の二人だけだ。

庶民からすれば髪が何色でも政に長（た）けた立派な方が次期皇帝になってほしいところだが、その威厳を保つためには一目で特別な存在だとわかる象徴が必要らしい。

（美しい髪は人の心を惹（ひ）きつける。それは間違いない）

朱亜は一人頷（うなず）く。

ところがここであることに気づいた。

「あれ？　第三皇子の怜新様って後宮をお持ちでないのでは？」

皇族は、成人する十五歳で妃を迎えるものだと聞いている。

今の皇帝陛下が皇后と婚儀を行ったのも確かその年で、すでに二十三歳の次期皇帝に妃の一人もいないのは不思議だった。

「女性がお嫌いとか？」

「可能性はあるな」

「えぇっ！　後宮を持たない方が皇帝になったら、髪結師は商売あがったりですよ」

赤髪にお目にかかるどころか、廃業の危機である。

未来に不安を覚えた朱亜がそう言うと、明扇は苦笑いで言った。

「さすがに帝位を継いだら後宮を構えるだろう。心配するなって」

「そう願います」

皇帝が代替わりすれば、後宮は一新されるのが慣例だ。

今いる妃たちがいなくなるのは寂しいが、新しい後宮が作られれば朱亜たち髪結師が忙しくなるのは想像できる。

(妃たちそれぞれの好みや顔立ち、髪質を把握して一から信頼を築くのって大変なんだよね。髪結師を続けている限りは向き合わなきゃいけないし、それが楽しいところでもあるんだけれど)

「まあ難しいことは措いておくとして、皇帝陛下でも皇子様でもとにかく赤い髪にお目にかかりたいです」

どんな色だろう、と再び朱亜は想像を膨らませる。

「そんなに皇族の髪が見たければ妃に推薦してやろうか？」

「え？」

「二十歳なら結婚していてもおかしくないだろう。おまえと同時期にここへ入った髪結師見習いの娘らも、もうとっくにいなくなっているし」

確かにこの十年でたくさんの者がやめていった。

髪結師は家業で行う者がほとんどだが、嫁いだ女性は畑や市場、店で働いて生計を立ててこの仕事には戻ってこない。

未婚でも、いざ見習いになったはいいが手先が不器用だったり妃とうまくやれなかったり、手が香油や染毛剤で荒れたりして化粧師や衣装係に職替えする者も多い。

朱亜は一族まるごと髪結師という家に生まれ、母親がかつて勤めていたという伝手でここへ来た。

細かい作業が好きで、腕力がわりとある方なので重い髪飾りや冠も片手で支えられるし、肌も強くかぶれにくい。妃たちの髪が自分の技術で美しくなるのを見るのが堪らなく嬉しいというやりがいも感じている。

朱亜にとって髪結師は天職だった。

「私はずっと髪結師でいたいんですよ。だいたい、私程度では妃など無理です。冗談もほどほどにしてください」

「そうか？　たまに宮女が下級妃に召し上げられることがあるんだからいけると思うぞ？　おまえは髪はちょっと癖はあるがほぼ直毛で艶もいい、それに黙ってさえいればそこそこの美人だ」

「黙ってさえいれば……」

髪結師は妃を美しく飾る仕事だ。だから自分の見た目にも気を遣う。

朱亜は自身の漆黒の髪を艶やかに保てるよう毎日必ず手入れしてきたし、凜々しく頼もしい雰囲気に見せるために化粧にもこだわっている。

（かといって、お妃様方のような気品や佇（たたず）まいがあるわけじゃない。内から放たれる輝きが違うというか……あの方たちには到底及ばない）

皇族の赤い髪が見たいからといって妃に推薦してもらったところで、数多（あまた）の美姫を献上され続けてきた四十五歳の皇帝陛下が自分の下へ通うとは考えられなかった。

（今私が妃になれたとして、ほかの宮へ通う皇帝陛下のお姿を見るのは難しい。髪結師の仕事も失う。いいことが何一つない。第一、私が好きなのはお金より権力より髪！　お妃様方を美しくする以上に楽しいことなんてこの世にあるとは思えない）

妃どころか、誰かの嫁になってここを離れるのも御免だ。

「階級が上がれば皇帝陛下の髪結を任される日が来るかもしれませんし、いつか赤髪を見られる日までがんばります」

「そうか」

明扇は「いずれおまえが長老と呼ばれる日が来るかもな」と言い、残った茶を飲み干すと席を立つ。

(長老かあ……悪くないかも。私はここでずっと髪結師でいるんだ)

朱亜もまた空になった椀を片手に立ち上がった。

そろそろ妃たちの夜の支度を手伝う時間である。

朱亜は最上位の四妃の一人、漢佳華から指名を受けていた。

明扇と食堂の出口で別れ、髪結師用の支度部屋に戻る。

そこで香油や櫛など仕事道具が入った鞄の中を確認してから、仕事着に着替えた。

旅装のように動きやすい黒の上下の衣に、前合わせの白い上衣を重ねてから青色の裙を腰に巻き付ける。袖は短めで、しかも絞ってある特別製だ。

腰辺りまで長い黒髪を後ろで一つに四つ編みにしたら、前髪を右のこめかみで留め、すっかり髪結師の姿が出来上がる。

朱亜は鏡で自分の姿を確認してから、重い鞄を持って支度部屋を出た。

廊下を歩きながら、これから会う佳華妃のことを考える。

（たとえ陛下の訪れがなくても四妃はその身分にふさわしいように飾り続けなければいけない。でも……佳華様はお手付きにならないまま後宮を出ることになりそうだな）

四十五歳の皇帝陛下が十七歳の佳華妃を四妃に迎えたのは、将軍の娘だったからだ。

ただし、佳華妃が子を身ごもれば政局に少なからず影響がある。

将軍と不仲である丞相の意見もあり、皇帝陛下が佳華妃の宮へ訪れないのでは……と噂だった。

このままだと慣例に倣い、三十歳を迎える頃には有力貴族に下賜される可能性が高い。

佳華妃がからっと明るい性格で、今の状況を「何もしなくていいなんて気楽だわ」と割り切っているからいいとはいえ、普通は陛下の訪れがなければ退屈である。

朱亜は美しく飾ることで少しでも佳華妃の楽しみになってほしいと考えていた。

佳華妃の宮へ着くと、慣れた足取りでいつもの部屋へ。黒檀の廊下はぼんやりとした淡い灯籠の光に満ちていて、主人に似て温かみのある雰囲気だった。

「いらっしゃい、朱亜」

「佳華様、すでにお待ちでしたか」

部屋に入ると、そこには佳華妃が豪奢な椅子に座って待っていた。

「ふふっ、あなたが来るのが待ち切れなくて」

にこりと笑う佳華妃は、下ろした長い茶色の髪を指で触りながらそれを朱亜に見せるようにして言った。

「今日は特別に寒かったでしょう？　散歩なんてするんじゃなかったわ、髪が傷んだ気がするの」

朱亜は女官に鞄を預け、佳華妃の背後に立つ。

失礼しますと断ってから髪に触れれば、確かに昨日とは手触りが少し変わっていた。

「寒いと空気の中の水分が減りますので、髪も乾いてしまうんです。結い上げていても垂らしている毛先は風にさらされますからね……」

「元に戻るかしら？」

「はい、私が作った特製の草水で栄養をしっかり補給しましょう。香油で潤いを閉じ込めれば大丈夫ですよ」

朱亜は四角い机に置かれた鞄の中から小瓶と櫛を取り出し、佳華妃の髪を丁寧に手入れしていく。

「今日はね、恋をしているつもりで詩を考えてみたの」

「それは楽しそうですね」

こうしておしゃべりしながら髪の手入れをするのも朱亜の楽しみだった。

妃たちは自分とはまるで違う人生を生きている。

家のためにその身を捧げることが存在意義であり、常に美しくいることが求められ、詩や楽器といった教養を磨き続ける。何もかもが家や皇帝陛下のためであり、妃たちの意思でできることは少ない。

「護衛と身分違いの恋に落ちた公主が、会いたいという気持ちを綴る……そんな想像をしてみたわ」

「悲恋ですか？」

「ええ、叶わぬ恋って美しいでしょう？『私の想いは募る一方なのに、会いたいと口にすることは許されない』。出せない文が溜まっていくのよ」

「……切ないですね」

「詩は切ない方が面白いのよ」

佳華妃は得意げに笑う。

髪結に情熱を注ぐ朱亜からすれば、毎日のように宮で大人しくしているのは考えられないことだった。

しばらく話し続けていた佳華妃は、ふと気づいたかのように問いかける。

「ずっと気になっていたんだけれど、どうして香油は馬の油を使うのかしら？」

香油にも色んな種類はあるが、この国では古より馬油が広く使われている。

「馬の脂は人の脂に近いそうですよ。髪に馴染みやすいのです」

「そうなのね。でもどうやって馬から油を？　お父様の馬に乗せてもらったことがあるのだけれど、脂なんて出ていなかったわ」

「……」

これは説明していいのだろうか？　朱亜は悩んだ。

勘の鋭い佳華妃は、これは言いにくいことなのだろうと察したようだ。

「聞かないでおくわ」

「はい。あ、どうぞ。触ってみてください！　サラサラになりましたよ！」

「わあ、本当ね！　すごいわ、さすが朱亜」

「お褒めくださり、ありがとうございます」

笑顔で頭を下げながら、朱亜は心の中で思った。

（言えなかった。まさか馬の脂肪を鍋で煮て、そこから濾したり草木の煮汁と混ぜたりして臭いを取り除いて作られるなんて。馬よ、ごめん）

佳華妃は仕上がりに満足した様子で、一段と明るい笑顔になった。

その表情を見ていると、朱亜は「幸せだな」と感じる。

「ありがとう、朱亜。髪が綺麗になると心が軽くなるようだわ」

「お喜びいただけて私も嬉しいです。毛先が気になるのでしたら、近頃流行りの付け髪はいかがですか？　髪を覆うことで、風に直接触れずに済みます」

「ああ、同じ四妃の円路妃が使っていたのを見たわ。自分の髪と同じ色に染めたものを付けるのでしょう？」

「はい。昨今では式典以外でも付け髪を使用する方が増えています。まったく違う髪色の『義髻』を使って、普段とは違う装いを楽しむ方もいらっしゃいます」

薄い紙や布に毛髪を縫い付けすっぽりと頭部を覆う義髻は、宮廷に出仕している官吏には特に人気がある。今では、式典の際には半分以上の官吏が義髻を使っているくらいだ。

地毛で結い上げるよりも崩れにくいし、何より頭髪に糊や油を付けなくていいので行きも帰りも身支度が手早くできる。

また白髪は魂が抜け落ちている予兆だという迷信のせいもある。髪を染めるのは最も速い〝白から黒〟でも少なくとも半日程度かかるので、染めるより義髻を被った方が手軽だという利点から大流行している。

髪が命！　という朱苑国においても、髪を売って金を得ようとする者はいる。義髻や付け髪は老舗の工房が幾つもあり、その技術は年々進化していっている。

妃の間でも、すでに結い上げた義髻や付け髪に冠などをつけて後はそれを頭に被せるだけ……というのが近頃では流行っていた。

（年配のお妃様方は難色を示していたけれど、皇太后様がご愛用だと公言してからいっきに広がったなあ。いくら手入れをしていても四十歳を超えれば髪はしんなりして量が減るし、何なら髪だけじゃなく歯も抜ける。美を追い求めるのは大変だ）

妃にとって美しさを保つことは非常に重要で、髪結師や化粧師は日々新しい知識と技術を求められる。

義髻や付け髪についても朱亜は学んでいた。

「私も使ってみたいわ。似合いそうな物を選んでくれるかしら？」

「かしこまりました。手配いたします」

朱亜は話しながらも手を動かし、佳華妃の髪に負担がかからないよう意識しながら緩めに編み上げて太い組紐(くみひも)で縛り、牡丹を模した金の簪(かんざし)を挿して髪結を終えた。

ここでの仕事はこれでおしまいだ。

佳華妃に笑顔で手を振られ、朱亜は部屋を後にした。

宮の出口へ向かっていると、見送りの女官が話しかけてくる。

「私の兄も近頃は義髻を使い始めたと言っておりました」

「まあ、そうなんですか？」

「はい。けれど、手入れが面倒ですぐに毛が絡まるのだと嘆いていました。髪結師の方々ならば、手入れは簡単にできるものなのでしょうか？」

簡単かと言われるとそこは肯定できない。

（人の髪は切ってしまえば草木と一緒で枯れゆくもの。手入れしなくても溶けてなくなるようなことはないが美しさを保つには骨が折れる）

そのお兄さんの苦労が目に浮かぶようだった。

朱亜は苦笑しながら答える。

「油は直接髪に付けずに櫛につけた方がいいですね。義髻の手入れは髪結師でも大変なので、買った店に任せた方が無難です」

「なるほど……でももしも佳華様が義髻や付け髪を気に入れば、手入れは朱亜様がなさることになるのでは？」

「そうですね」

面倒な手入れを任されるのになぜ薦めたのか？　と彼女は言いたげだった。

「佳華様をより美しく飾るのが私の役目ですから」

宦官や官吏の中には、女性たちが着飾るのを「ばかばかしい」とか「金の無駄」などと嘆く者もいる。

（衣装ごとに似合う髪型に変えるのも、振り向けないほど重たい冠で飾るのも、後宮では美しさが武器になるから。妃たちは最高に美しい自分を作り上げることで、存在感を放ち、己の価値を知らしめることができるのだと師から教わった）

外の人間は口出し無用。後宮には後宮の戦いがあるのだ。

それにこの閉じられた世界で暮らすには、心の支えは多い方がいい。

「佳華様は明るい方でいらっしゃいますが、毎日そうでいられるとは限りません。気分が落ち込んだときでも鏡に映った自分が美しければ、きっと一縷の希望にはなるでしょう？ 私は髪結師としてそのお手伝いがしたいのです」

苦労はあっても、好きだから続けられる。

（手入れの手間がかかるくらい、あの笑顔の前ではなんてことない）

佳華妃のほかにも、朱亜の手を頼りにしてくれる妃は多い。

このあとも中級妃たちの宮へ行き、就寝前の髪の手入れをして回る予定だ。

「では、また明日の朝お伺いします」

「お待ちしております」

宮の外へ出ると冷たい空気が頬を刺す。

西の空が見事な黄金色に染まっているのを見ながら、朱亜は次の妃の宮へと急いだ。

後宮に変化が起きたのはそれから数日後のことだった。

今日は新しい妃の輿が来るのだと、使用人たちが噂していた。

池の水面に映る澄みきった青空とゆっくりと進む馬車。朱亜は池から少し離れた四阿（あずまや）からそれを見ていた。

「佳華様、ここは私が入っていい場所ではないのですが……」

昼過ぎのこと。見習いの髪結師に簪の選び方を教えているところへ佳華妃が突然やってきて、新しい妃を見に行こうとやや強引に朱亜を連れ出した。

四阿の手前までなら使用人でも入れるが、こんな風に妃のそばに侍（はべ）ることができるのは専属女官だけだ。

「私は四妃よ？　あなた一人くらい庇（かば）えるわ」

四阿には、同じく佳華妃に誘われた愛玲（あいれい）妃もいる。

愛玲妃はやや青みがかった黒髪が美しい、物静かな女性である。十年前に後宮入りした、皇帝陛下の寵を受ける中級妃だった。

（濃紺色の襦裙がよくお似合いだ。二十七歳ならばもっと明るいお色味を選ぶ方も多いのに……あまり目立ちたくない性格なのだろうな）

控えめな装いを好み、髪結師や化粧師を指名したことはない。愛玲妃は着飾ることにあまり興味がないのかも、と朱亜は感じていた。

「あ！　ついに輿が見えた」

待つこと一刻。荷をすべて運び終えた後でようやく噂の妃を乗せた輿が現れた。

「あの方が『金色の猫』ですか。お美しい……」

愛玲妃は呟くようにそう言った。

新しい妃は異国の大使が後見人で、金色の髪に緑色の瞳を持つ姫君らしい。妃の中にはすでに敵対心を露わにする者もいて、金色の猫という呼び名がついていた。

「見事な金色ですね。淡く優しい色で、万寿菊の花びらみたい」

朱亜はこれまで幾人か金髪の人間を見たことがある。でもいずれも薄い茶色や蜂蜜色に近い金色だった。

(離れていてもはっきりと金色に見える髪は初めてだ。金色は本当に稀で、幼少期はそうでも大人になれば色素が濃くなり色が変化することが多い……と書物にあったな。あのお妃様は二十歳くらいか？　まさか本物を見られるとは)

新しい妃の髪に目を奪われていると、佳華妃が少し呆れたように話し出す。

「北西にある小国の出身だそうよ。あちらの者はほとんどがあのような金の髪をしているのだとか。美しい娘一人で戦を防げると思っているとしたら、送り出す方も迎える方もどうかしているわ」

政治的な理由で他国へ嫁ぐ公主や貴族の娘は少なくない。

何不自由ない暮らしをさせてもらえる一方で、命じられればどこへでも嫁がなければならないのは佳華妃も愛玲妃も皆同じである。

「――陛下はあの方の宮を訪れるのでしょうか？」

愛玲妃が尋ねた。

視線は輿に向けられたままで、思わず漏れ出た言葉に感じられる。

「異国から迎えた妃に一度も会わないわけにはいかないでしょうね。それに、あれほど美しいのだから興味を引かれるかもしれないわ」

「そうですよね……」

佳華妃と違い、愛玲妃は「陛下が自身の下へ来なくなるのではないか」と不安を抱いているように見える。

（愛玲妃だけじゃない。ほかのお妃様方もきっと心配だろうな）

妃はいつだって待つ側であり、選ぶのは皇帝陛下だ。

後宮で長らく働いてきた朱亜は、陛下の行動に一喜一憂する妃たちの様子を見ているとやるせない気持ちになることがある。

（どうか杞憂であって欲しい）

朱亜はそう願った。

人間の髪は、成人では十万本を超えるという。

朱亜が後生大事にしている『美髪養生伝』は母から受け継いだ秘伝書で、その昔存在した〝髪の研究にすべてを捧げた男〟が書き残したそれには、自分や協力者の髪を一本一本頭皮から抜いて数えた記録が残されていた。

他者から見れば、猟奇的と感じるほどの執着。凡人では力尽きてしまうような研究成果が記された書物は、朱亜にとってかけがえのない教典だった。

中には薄気味悪い研究もあり、書いた本人は最終的に投獄され追放処分を受けた罪人のため、所持していることさえ公には口にできない代物なのだが……。

「仕上がりはいかがでしょう？」

この日、朱亜は四妃の一人である延寿妃の髪結を任されていた。

長い黒髪を額中央から左右に分け、牛の角を削って作った扇形の軸に地毛や付け髪を巻き付けていく。大拉翅と呼ばれるこの髪型は、顔が小さく見えることで人気があった。

さらに花や房の付いた簪で飾りつければほかの妃を圧倒する華やかさが得られるということで、今日はすでに三人の妃がこの髪型を指定してきた。

「うっ……重い。わかっていたけれど首が胴に埋まりそうだわ」

「ほかの髪型でやり直しましょうか？」

「いいえ、これがよかったの。陛下の目に留まるにはこのくらい派手でなければ」

「ご満足いただけて光栄です」

延寿妃からは並々ならぬ闘志を感じる。

朱亜と宮女が両側から延寿妃の手を支え、頭の飾りが重くて不自由な彼女を気遣いながらそっと立たせて見送った。

（新しい妃が来てから、お妃様方の装いがどんどん派手になっていっている）

異国から来た金の髪が美しい妃。皇帝陛下はもう十日間も足繁く彼女の宮に通っているらしい。

皇后や佳華妃は静観しているが、ほかの妃は「何としても陛下の寵を取り戻したい」と息巻いている。

（延寿様は四十三歳。三人の公主様はすでに嫁いでいるから、陛下の心が離れれば寂しいのだろう）

使い終わった豚毛の櫛やつげ櫛を箱に片付けながら、朱亜は小さく息をつく。

（これまで陛下は特定の妃だけを寵愛（ちょうあい）するということはなかったのに……四十五歳で恋に目覚めてしまったとか？）

たくさんの妃を愛せるのは皇族として正しい行いなのだろうが、使用人としては妃たちが争わないよう平等に接してほしい。

妃たちが着飾ることは大いに賛成の朱亜だったが、ここ数日の妃たちの様子は異様に感じられた。

「朱亜、今いいかしら？」

振り返れば、女官らを連れた愛玲妃が立っていた。

楚々とした美しさはいつも通りで、その髪は頭頂部に冠を付けただけである。

「どうかなさいましたか？」

朱亜が礼をしてから尋ねると、彼女は控えめに微笑みながら言った。

「髪結を頼みたいの。今日は陛下とお茶をいただく予定があって、綺麗にしていきたいのです」

愛玲妃もほかの妃に感化されたらしい。

（髪結師を指名したことなど一度もなかったお方が……）

自分より年上の愛玲妃が、いじらしい少女のように見える。

その姿を見ていたらどんな要望にも応えたくなってきた。

朱亜は彼女の不安を少しでも和らげたくて、明るい笑顔で「お任せください！」と返した。

「急にごめんなさいね。使って欲しい簪は決めているのだけれど、どんな髪型にするかはあなたに任せるわ」

「嬉しいです。私でお役に立てるのなら光栄です！」

（せっかく頼ってくれたんだ。最高の髪に仕上げたい！　愛玲様のお顔立ちなら両把頭よりも仙女をイメージした双髻の方が柔らかい印象になって似合うと思う）

片付けたばかりの櫛や香油など一式を再び広げると、朱亜は丁寧に愛玲妃の髪を整え始めた。

この日は特に忙しく、愛玲妃の髪を結った後も二人の妃が朱亜のことを頼ってやってきた。

朝からずっと髪を結い続けていた朱亜が休息を取れたのは、陽が傾きかけた頃だった。誰もいないのをいいことに、椅子に座ってぐったりとしていた。

さすがに疲れた。それでも薬棚が視界に入ると「白髪染めの薬液を補充しておかなければ」と思い出す。

立ち上がろうとしたその時、呼びかけもなくいきなり部屋の扉がガラッと音を立てて開かれる。

驚いた朱亜は、一体何事かと眉根を寄せた。

「向朱亜はここにいるか？」

「は、はい。私です」

朱亜よりも頭一つ分以上背の高い武官が五人もいる。

険しい声音に一瞬で緊張が走った。

「皇帝陛下に毒を盛った罪で捕縛する！」

「えっ!?」

目を見開いて言葉を失う朱亜を、武官らが問答無用で取り押さえる。

何が起こっているのか理解できないまま、腕を後ろで組まされた。

「毒⁉ 私が⁉」

そんなことするわけがないと訴えようとするも、屈強な武官が五人もいては抵抗することもできず、取り囲まれた状態で後宮を出ることになった。

（どういうこと⁉ 皇族に毒を盛った罪って……私が⁉）

後宮を出て、宮廷の敷地内にある牢へ入れられる。

冷たい空気にカビの臭いが混ざっていて、思わず顔を顰めた。

「おとなしくしていろ」

「待っ……」

ガシャンと無機質な音が響く。

武官らは朱亜を牢に閉じ込めるとすぐさま出ていってしまった。

寒々しい石造りの牢は広く、十人は収容できそうなほど。そこにぽつんと一人きりになると、これが夢ではなく現実なのだと実感し始めた。

「私は！ 何もやっていません！」

格子を握り、懸命に叫ぶ。

牢番が少し離れたところにいるが、彼は壁を見つめていて無反応だった。

囚人などいちいち相手をしても仕方がない、そう思っているのだろう。

ここでは誰も助けてくれない。

自分の声は届かない。

（なぜこんなことに）

考えても考えてもわからなかった。

「寒い……」

布の一枚もない牢の中で、朱亜は自分の体を抱き締めるようにして身を震わせる。

武官の言いなりになるのは癪だけれど、今はおとなしくしているほかはなかった。

壁際に敷いてある藁の上に座り込み、再び武官がやって来るのを待つ。

膝を立てて座り、腕の中に顔を埋めて体力を温存しようと試みた。

（まさかいきなり死刑になることはないよね？　まずは取り調べがあるはずで、そこで無実を訴えるしかない）

風の音がひゅうひゅうと小さく聞こえるだけで、ただ無意味な時間が流れる。次第に瞼が落ちてきて、あっけなく闇にさらわれた。

目が覚めたとき、目の前には緑豆を煮詰めた汁と粥、それに水が置かれていた。

（全然気が付かなかった）

どうやらこれが食事らしい。喉が渇いていたので、真っ先に水を一口飲む。

「まずい」

土臭い水だった。

どうでもいい存在だと思われているのだと、水を飲んだだけで察する。水がこれだと食事も期待できないが、とにかく食べるしかない。

（水と食事が用意されただけマシだと思おう）

無実を訴えるにも元気でいなければ。

食べながら周囲に視線を向けてみる。牢番は相変わらずぼんやりと突っ立っていて、何にも興味がなさそうだ。朱亜がここで自害でもすれば管理責任を問われるはずなのに、見張るどころかこちらを一瞥すらしない。

朱亜は食事をすべて平らげてから、牢番に話しかけてみた。

「ねぇ、あなたはどうして私を見張らないの？」

突然口を開いた私をちらりと見た彼は、気怠そうに答えた。

「……どうせ死刑になる奴を見張ってどうするんだよ。ここに入れられた連中は大罪人だ」

「もしも私が逃げ出したら？」

「外の見張りにすぐ捕まるさ。檻の中とはいえ、おまえは今が一番自由で幸せなんだ、逃げようなんて考えるなよ」

「この状態が自由？　幸せ？」

　朱亜は顔を顰める。

(何の罪もない自分がどうしてこんな目に遭わなくちゃいけないの？　もしかして取り調べすら行われないなんて可能性もある？)

　考えたくないことが頭をよぎった。

(私は皇帝陛下に毒を盛った罪で投獄されたんだよね……陛下に会ったこともない私がどうして犯人にされたんだろう？)

　動機もなければ手段もない。そんなことは武官だってわかるだろうに、なぜこんなことになっているのかわからなかった。

(取り調べがなければ潔白を訴える機会はない。いや、その前に拷問を受けて無理やり罪を認めさせられることだってあり得る)

　考え込む朱亜を見て、牢番が冷めた目で言った。

「ほら、そこの小窓にこの縄をひっかければ楽に死ねるぞ」

「そんな助言いりません」

　せめてもの情けなのだろうか？

　無実なのに死んで堪るものかと、朱亜は牢番を睨む。

　彼は「諦めが悪いな」と呟くと、また無表情で前を向いた。

「はぁ……」

漏れ出たため息がほわっと白く見える。埃(ほこり)のせいで、瞬(まばた)きするだけで目尻が痛んだ。冷え切った手は乾いて白っぽくなっていて、ささくれが目立っている。

(拷問はいつだろう……? どうか手だけはやめてほしい)

指を折られでもしたら、もう髪結師としては使い物にならなくなる。

自分がこれまで築き上げてきたものがこんな形で奪われるなんて悔しかった。

ぎゅっと拳を握り締めるも自分はあまりにも無力で、寒さに震えながら祈ることしかできない。

(父さんや母さん、兄さんはどうしているだろう? 私の疑いが晴れなければ、家族にも責が及ぶ)

無口で髪結のことしか頭にない父、しっかり者で口達者の母。そして家を継いだ五つ上の温和な兄の顔が浮かぶ。

(このままじゃいけない)

朱亜は顔を上げ、牢の格子を握り締めて叫んだ。

「私は! 何もやっていません! 無実です、無実!!」

「っ!」

牢番がぎょっと目を見開いてこちらを見る。「頭がおかしくなったのか？」とでも思っていそうだった。

でもどう思われようが構わない。こっちは自分と家族の命がかかっているのだ。めいっぱい声を張り上げて、建物の外にまで聞こえるように必死で叫んだ。

「私は！　何もやっていません！　毒なんて見たこともないし触ったこともないし、まして使ったことなんてありません！　私じゃありません！」

「うるせぇ！」

絶対に諦めない。

朱亜は大きく息を吸って、再び叫んだ。

「誇り高い兵部の皆さん、犯人を捕まえてください！　私は犯人じゃありません！　公正な調査をお願いします！」

「迷惑な女が捕まったもんだよ……！」

牢番は嫌そうな顔で耳を塞いでいる。

その後も一方的に朱亜が叫び続け、いい加減に喉が涸れてきた頃だった。

出入り口の扉がガシャンと音を立てて開き、高い靴音が聞こえてくる。

現れたのは、黒い長衣に青い羽織を纏った官吏らしき細身の青年だった。

朱亜をここへ連れてきた屈強な武官たちとは違い、繊細な雰囲気を醸し出している。

灯り取り（あかりと）の小さな窓から差し込む月明かりだけが頼りのこの牢でも、妃たちが見たら嫉妬するくらいの美貌だということはわかった。

頭をすっぽりと覆う翼善冠（よくぜんかん）から垂れる長い髪、帯に差している上等の扇から相当に上位の官吏であると予想する。

彼がやってきた途端、牢番は背筋を正して礼をした。

格子を隔てて対峙（たいじ）した朱亜は、彼と視線がぶつかりその冷たさにぞくりとする。

（官吏が来たということは、もう刑が執行される？　殺される!?）

取り調べもないまま、消されてしまうのかもしれない。

朱亜の胸に不安が巣食う。

無意識のうちに後ずさりしたそのとき、彼は目を眇めて言った。

「おまえが陛下に毒を盛ったという髪結師か……？　人を殺（あや）めたにしてはそれらしい顔つきではないな」

（人殺しが見た目でわかるものなの？　いや、それほどに殺人犯を見慣れているのかもしれない）

朱亜は身を強張（こわば）らせる。

官吏の美しい容貌がさらに得体の知れない恐怖心を抱かせた。

「毒を盛って、なぜすぐに逃げなかった？　陛下を殺して髪結師に何の得がある？」

その言葉に胸がざわめく。

「陛下は亡くなられたのですか……？」

「質問に答えよ」

この男は朱亜が毒を盛ったのだと思っているらしい。

何を言っても信じてもらえないのだろうが、だからと言ってこのまま処刑されるのは御免だった。

朱亜は目をぎゅっと瞑り、再び大声で叫ぶ。

「私は何もしていません！」

たとえ信じてもらえなくても、話せることは真実だけだ。

潔白と共に、苛立ちもすべてぶつける。

「私は無実です！　ただいつも通り仕事をしていただけで、陛下に毒など盛っていません！　だいたいどうして私なのですか!?　陛下にお会いしたこともないのに！」

「簪から毒が出たからだ」

「え……」

想像もしていなかった答えに、朱亜は呆然とした。

「愛玲妃の髪を結ったのはおまえだろう？　向朱亜」

官吏の男は、まじまじと朱亜を見ながらそう言った。

簪から毒が出たなど、あまりに衝撃的でその場に倒れ込みそうになる。唇が震え出し、呼吸が乱れた。

それでも黙っている場合ではないことは理解していて、懸命に会話を続ける。

「確かに愛玲様の髪を結ったのは私です。まさか、愛玲様の簪に毒が？」

「そのように報告を受けている。愛玲妃の簪が陛下に触れ、肌に傷をつけた。その後すぐに陛下はお倒れになったと」

「そんなはずは……だって、私は愛玲様の女官から簪を受け取って……確かにこの手で触れましたが」

朱亜は、小刻みに震えている両手を見つめる。

（この男の言うことが本当なら、簪に触れた私はどうして生きているの？）

矛盾していると朱亜は思った。

それでもなお、官吏からの質問は続く。

「誰に命じられた？　愛玲妃か、それともほかの者か？」

抑揚のない話し方に、心が追い詰められる。

（簪で陛下を？　ふざけるな）

朱亜は怒りを滲ませながら、低い声で言った。

「……あなたたちにはわからないですよ」

「何がだ？」

朱亜はかすかに笑っていた。心底呆れていたのだ。

「簪一つがどれほど大事か……！　皇帝陛下に愛されたいと思う妃たちがどれほど切実か……！　簪は毒を仕込むためにあるんじゃない」

取り調べもせず投獄し、おざなりに事を終わらせようとする者たちには想像もできないだろう。自分がどれほど髪結師の仕事を大切に思っているか、わかるはずもないと朱亜は彼を睨んだ。

「髪結師は簪を使うとき、肌や首を傷付けないよう挿し方にも細心の注意を払います。簪が陛下を傷付けるなど考えられません」

「でも事実として陛下はお怪我をなされた」

「それなら原因はほかにあるはずです。私は髪結師ですから、簪を使って人は殺しません。絶対に……！」

現場に居合わせた武官を連れてきてほしいものだと、半ばやけになって言い捨てた。睨み合う二人。朱亜を見下ろしていた彼は、少しの沈黙を経て牢番の方へと目を向けた。

「開けろ」

「へっ？　え？」

「早くしろ」

「はい！」

牢番も驚いていたが、朱亜もまた驚きで目を瞠る。

鍵が開くと躊躇なく彼は牢の中に入ってきて、一歩ずつ朱亜に近づいてきた。

「な、何ですか……？」

返事はない。高貴な身分の者がこんな汚い牢に足を踏み入れるなんて、と戸惑う。

さきほどあんなに不満をぶつけておきながら、いざ手の届く距離に来られると恐怖心が勝った。

ただし官吏に怒っているそぶりや朱亜に何かしようという気配はない。

気まずくなって視線を落とせば、彼の胸にかかっている髪の束にふと目が留まる。

薄暗さで今の今まで気づかなかったが、茶色だと思っていたその髪は綺麗な赤色をしていた。

「え……？」

（これは本当に赤色なのだろうか？　赤茶色？）

衣にかかる長い髪に目が釘付けになる。

よりじっくり見てみたくなり、吸い寄せられるように近づいた。

「珍しいですね、赤茶色の髪？　傷んでいる」

「っ！」

「色ムラがあるし……これって染めているんですよね？　若白髪ですか？　染毛剤は大豆と木藍、赤鉄鉱が入ったものでしょうか？　髪質に合っていないのでは？」

立て続けに質問すると、彼は啞然とした顔に変わる。

（しまった。私ったら無礼なことを……！）

つい疑問が口から漏れてしまったが、慣れ親しんだ相手ならともかく初対面の相手に聞く質問ではない。まして、牢で尋ねる内容ではない。

（こんな話をしている場合じゃなかった！　このままじゃ私は死刑になるのに！）

慌てて一歩下がった朱亜は、懸命に弁解しようとする。

「すみません、撤回します。若白髪とか言ってごめんなさい、見なかったことにします。ちょっと不自然だったからつい……」

余計な言葉までうっかり出てしまった。

「ごめんなさい、ごめんなさい」

もう挽回は不可能かと思い、謝罪しながら蹲る。

「建起！」

頭上で大きな声がした。どうやら外にいた護衛を呼んだらしい。

頭頂部の高い位置で髪を一つに結んだ若い武官が足早にやってきた。

「この娘をここから移せ」

「承知しました」

愕然とする朱亜は建起という武官に腕を引っ張られ、よろめきながら立ち上がる。

(移せってどこへ!? もしかして死刑執行!?)

青褪めた顔で官吏を見つめるも、彼はさっさとここを出ていってしまった。

そして朱亜もまた、建起に連れられて牢を出る。

「いやぁぁぁ! 死にたくない! 私は何もやってないんです!」

「はいはい、今は夜ですから静かにしてください」

これから殺されるのに昼も夜もない、と朱亜は涙ながらに建起を見つめる。この男の真面目で誠実そうな雰囲気につい縋りたくなる。

「何でもするから助けてください……!」

「それを判断するのは私ではありませんので」

「冷たい」

命乞いもさらりと流され、朱亜は絶望した。

「嫌! 放して!」

牢番は見ているだけで当然助けてはくれない。

全力で抵抗する朱亜だったが、軽々と肩に担がれて連行されるのだった。

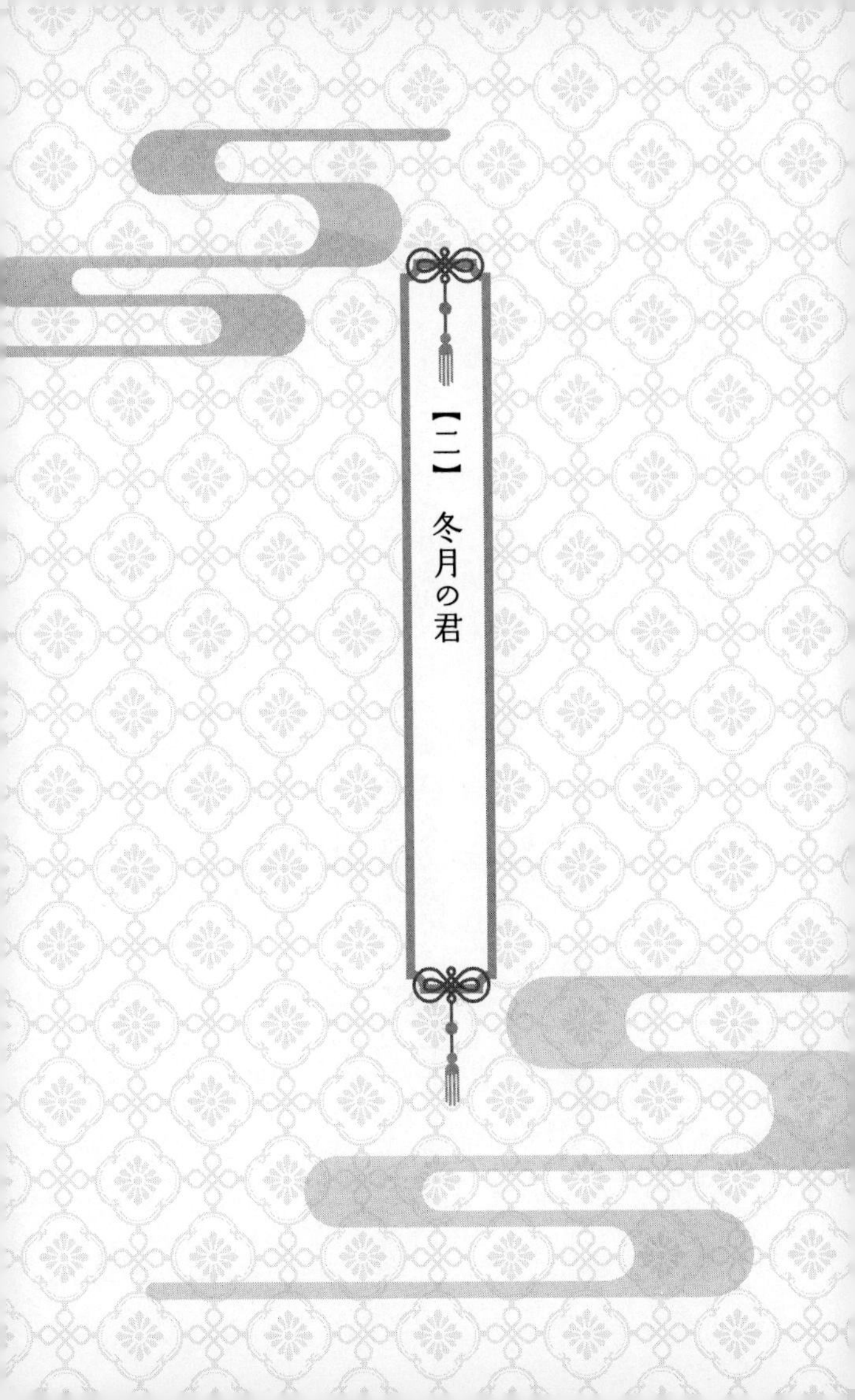

【二】　冬月の君

「おはようございます。朱亜様、よく眠れましたか？」

「……はい、おかげさまで」

「それはようございました！」

寝台で目を覚ました朱亜は、薄青色の絹地に白い縁取りの寝衣を着ていた。

昨日は突然捕縛され、牢に入れられ、やってきた赤髪の官吏に文句を散々言ったところで建起という武官に連れ出され…………謎の豪奢な屋敷に到着すると客間のような部屋に閉じ込められた。

（一日で色々なことが起こり過ぎた。頭がついていかない）

外から鍵をかけられ、「出して」と叫び続けて疲れ果てた末に床で寝てしまったはず。それなのに、起きたら寝台の上で着替えまで済んでいた。

（綺麗な部屋……塵一つない）

何となく目を向けた窓は、格子やその継ぎ目にも埃一つ付いていない。牢屋とは大違いだった。

寝ぼけた顔で座っていると、起こしてくれた女官から笑顔で白湯を差し出された。

「どうぞ」

「いただきます」

　ごくりと飲むと、涸れた喉にじんわりと白湯が浸(し)み込んでくる。

　とにかく生きていてよかったと思うと同時に、この女性は誰なんだろうかという疑問が湧いた。

（紺色の袍服(ほうふく)ということは宮廷の女官？　三十歳くらいかな？）

　恐る恐る視線を向ければ、彼女は朱亜の不安を感じ取ったのか笑顔で名乗る。

「私は、丁玉永(ていぎょくえい)と申します。朱亜様のお世話を命じられております」

「あ……えっと、向朱亜です。ありがとうございます」

「いいえ、何なりとお命じください」

　にこにことした玉永は、空になった茶杯を朱亜の手から自然な所作で受け取る。

　朱亜のことを客人とでも思っているようだった。

（世話？　監視ではなくて？）

　ますます訳がわからない。

（ここはどこ？　牢で夜を明かすよりもここにいた方が断然いいけれど）

　一体どういう状況なのだと、寝台に座ったまま朱亜は悩んでいた。

　難しい顔をして「う〜ん」とときおり唸(うな)り声(ごえ)を上げる朱亜を見て、玉永は掛け布を遠慮なくはぎ取って笑顔で促す。

「さあ、お嬢様。お顔を洗い、お召替えと髪結をいたしましょう！　お支度はすべて玉永にお任せください」

「え？　はい？」

混乱する朱亜だったが、言われるがままに立ち上がって隣の部屋へと向かう。

使用人として、使用人の仕事の邪魔をしてはいけない。

玉永が自分の世話を命じられているのならば、抵抗しては申し訳ないと無意識のうちに思ってしまった。


「朱亜様、とてもお美しいです！」

「…………これは」

妃が使うような大きな鏡の前には、盛大に着飾った自分がいる。

真珠のような光沢のある白と水色の襦裙に、揃いの刺繍が施された靴。一つに結んだ髪には銀色の蓮の一本挿しが輝いている。

未だかつてこのような煌びやかな装いをしたことがなかった。

（大罪人を着飾らせてどうするの!?　いや、私は無罪なんだけれど！）

呆然としている朱亜の手を取った玉永は、とても満足げだった。

「すみません、私にこのような衣は」

「よくお似合いですよ？」

「いえ、あの、私は髪結……」

髪結師なのでこんな格好では仕事にならない、そう言いかけたとき「失礼します」

と扉の向こうから男性の声が聞こえてきた。

玉永はその人が来ることを知っていたらしく、「お迎えが来ました」と呟いてすぐ
に扉を開けに行く。

（お迎え？　もしかして後宮に戻れる？）

朱亜も玉永の後に続けば、顔が見えたのは昨日自分をここへ連れてきた建起だった。

「おはようございます」

「――っ！　ちょっと期待した私がばかだった！」

両手で顔を覆い、悔しがる朱亜。帰れるかもしれないと一瞬でも期待してしまった
ことを後悔する。

「これから謁見ですか？」

玉永が建起に尋ねる。

「ええ、何もかも整いましたので」

「まあ、随分とお早いこと。では、朱亜様。いってらっしゃいませ」

その穏やかな笑顔は、まるで散歩にでも送り出すくらいのものだった。朱亜が困惑の目で建起を見ると、彼は「ついてきてください」とだけ言って背を向ける。

小走りで彼に続けば、薄い生地の袖がひらひらと揺れた。

(謁見ってどこで？　誰と？　こんな風に着飾らせる意味は何なの？)

諦めに似た感情が強まって、屋敷の外に出た今も逃げる気は起きない。

漆黒の門をくぐり、石段を上って朱色の建物の中へと入っていく。

「宮廷……？」

官吏や武官、使用人の姿があちこちに見える。後宮からほとんど出たことのない朱亜だったが、ここが宮廷だということは何となくわかった。

どこをどう通って進んだかは覚えていないが、使用人用の通路らしき道を歩いてどんどん建物の奥に向かう。

「こちらです」

建起が示したのは、金でできた鳳凰の飾り付きの扉。

皇帝陛下から妃に贈られた文に同じ模様が描かれていたのを思い出し、ここは皇族が使う部屋だと察して緊張感が高まった。

中へ入ると、夜光貝がはめ込まれた螺鈿細工(らでんざいく)の椅子に赤髪の美男子が座っている。

（昨夜の……！）

入り口で足が止まってしまった朱亜を、建起がそっと背中を押して促す。

「よく眠れたか？」

「……はい」

緊張からごくりと唾を呑み込む。昨日は薄暗くてよく見えなかったが、こうして対峙してみるとその気品といい威圧感といい、疑いもなく皇族のそれだった。

（まずい。昨日、怒り散らして文句を浴びせた相手が皇族だったなんて）

自分の顔が次第に引き攣っていくのがわかる。不敬罪で首を刎ねられても仕方のないことを言った記憶はあった。

「第三皇子の怜新だ」

低い声が石造りの部屋に響く。

「皇帝陛下の急逝につき、私がその跡を継ぐことになった」

「――っ！」

皇帝の死去は昨夜すでに聞いたはずなのに、改めて告げられると途端に現実味が増していく。

朱亜はお腹の前で両手を組み、頭を少し下げて視線を落とした。

「それは……ご心痛、お察しいたします」

親を亡くしたのだから、さぞつらいだろう。そう思った朱亜だったが、怜新は思わずといった風に笑いを漏らす。

「ははっ、おまえが私を労わるのか。官吏らは皆、真っ先に祝いの言葉を口にしたぞ？　『おめでとうございます』と」

皇帝になることが確定したのだから、祝いの言葉を述べるのも間違いではない。でも親を亡くしたのにおめでとうございますとは、あまりに気遣いがないと感じた。

（皇族にも親子の情はあるのでは？　……お可哀そうに）

親を亡くしても、悲しむ時間もなく次期皇帝としての役割を求められるのだと思うとさすがに同情する。

怜新を見つめていると、昨夜よりも髪に艶があることに気づいた。

傷んではいるものの、手入れがきちんとされているように見える。

（油を塗ったのかな）

会話が途切れれば、つい髪にばかり視線が向かってしまう。

怜新は朱亜の意識がどこに向いているのかを察しながらも話を続けた。

「此度の件、すでに調べは終わった。陛下の死因は毒だ。茶器と簪に仕込まれていた」

「え……？」

簪だけではなかったのかと、朱亜は目を瞬かせる。

「愛玲妃を問い詰めたら自白した。陛下の茶器に毒を塗り、お命を奪ったと」

「愛玲様が？」

どくんと心臓が大きく跳ねた。

怜新によれば、愛玲妃は新しい妃に陛下の心を奪われたことが許せず、今回の事件を起こすに至ったという。

（そこまで思い詰めていたなんて）

気づくことができなかったと朱亜は悔やんだ。

「元よりおまえに罪を着せるつもりはなかったそうだ。簪の軸に仕込んだ毒は、陛下が亡くなった後に自分で飲むために用意したのだと言っていた」

陛下は茶を口にした直後、愛玲妃と寄り添っていてその際首筋に簪が触れて肌に傷がついた。苦しみ始めた陛下が喉を手で押さえていたところ、傷に護衛武官の目が留まり、簪による毒殺だと早とちりしたらしい。

「いくら焦っていたとしても、このような間違いは許されない」

茶器や卓、椅子などもすべてが調べに回されたものの、まずは簪をつけた髪結師を捕縛しろということで朱亜が牢に入れられたというのが騒動の顛末だった。

髪結師に毒の種類や効き目などはわからないが、口から摂取させた方が確実に命を奪える……ということは想像できる。

（愛玲様がご自分で簪を挿し直したから、陛下の首筋に傷がついてしまったのか）

自分のせいではないとわかったものの何だか腑に落ちない。

「愛玲妃は自分が毒を飲む前に簪を武官に奪われてしまい、宮で待機するように言いつけられていた。どうせ死ぬつもりだったから先のことなど考えていなかったが、目の前で陛下が苦しむ様を見たら恐ろしくなって口をつぐんでしまったのだと。まさかおまえが牢に入れられているとは知らず、ずっと宮で震えていたようだ」

「そう……ですか」

「よかったな。おまえの無実は確定だ」

そう言われても、手放しで喜べない。

言いようのない虚しさを感じていた。

「あの、愛玲様は今どちらに？」

「教えられない。皇帝陛下は病死とされ、愛玲妃は秘密裏に処罰を受けることになる」

もう二度と会えないのだ。

怜新の口調から朱亜は悟った。

「陛下のご逝去に伴い、後宮はしばし閉鎖した後に解散させる。妃たちは生家に戻るか静養所へ移ることになる」

「え！」

後宮は皇帝陛下のために存在している。主が亡くなったのだから、怜新が告げたことは当然だった。

（無罪放免はいいけれど、一夜にして職場がなくなってしまった）

朱亜はがくりと項垂(うなだ)れる。

どうしようもない事態ではあるが、すべてが突然過ぎた。

新しい後宮ができるまで実家に身を寄せるしかないかと朱亜がため息をついたとき、怜新がまるでついでのようにさらりと告げる。

「ところでおまえの処遇だが」

「はい……」

「本来なら、皇帝殺害の真実を知る者として口を封じなければならない」

「えええ!?」

いきなり何を言い出すのか、朱亜は目を見開いて驚く。

「私への疑いは晴れましたよね!?　なのに口封じって結局死ぬんですか!?　ええっ、そんなことって！」

「声が大きい」

「いやいやいや、さすがに黙っていられません！　私は何も悪いことをしていないのに酷(ひど)すぎます！」

目の前にいる人が皇子だということをすっかり忘れていた。

しかし怜新は朱亜のこの反応も予想済みだったのか、眉一つ動かさない。

「助かる方法はあるぞ」

「本当ですか!?」

「ああ、私の妃になれば助けてやろう」

「……はい？」

突拍子もない提案に、朱亜は耳を疑った。

じっと怜新を見つめるも、冗談を言っているようには見えない。

怜新が極めて物好きなのか、はたまた騒動で疲れているのか？

どちらにせよ、数多の美姫が手に入る皇族が自分を望むのは不自然だ。

(私を？　妃に？　それで着飾らせたってこと？)

今の自分の姿は髪結師ではなく妃のそれである。だとしても「わかりました」とは言えなかった。

「え、ご乱心ですか？」

どう考えてもあり得ない。

戸惑う朱亜の前で、怜新は椅子から立ち上がると右手で自らの冕冠を摑(つか)んだ。

「本物の妃になれと言っているわけではない。妃の地位を与えるが、おまえの仕事は私の髪を整えることだ」

その言葉と同時に、怜新の髪が冕冠ごと取り払われる。

（義髻……！）

朱亜ははっと息を呑む。

怜新が義髻であったことにも驚いたが、その下にあった髪が見たこともない銀色であったことにも衝撃を受けた。

（冬の月みたい）

昨夜、牢の小窓から少しだけ見えた白銀の月。

今すぐ触れたいという衝動に駆られるほど美しい銀髪だった。

でもその銀色が『そうであってはならない』とすぐに気づき、一瞬にして表情が強張った。

「私の髪を、赤に染めてくれ」

それは拒絶を許さない、命令だった。

朱亜は恐る恐る尋ねる。

「あなた様は銀髪なのですか……？」

「今は、な」

「今は？」

まるで今だけ銀髪になっているような言い方だった。

怜新は一歩ずつ朱亜に近づき、手を伸ばせば触れられる距離まで迫る。

「見ての通り、今はこのような髪になり困っている。皇帝になるには赤髪でなければならない。義髻の色が不自然だと気づいたおまえなら、私の髪を任せるに足ると判断した」

「任せるって、えっと、ご要望はわかるんですけれど……あなた様の髪を赤に染めるということは、すなわち宮廷を欺くということですよね？」

「そうだ」

朱亜は事の大きさに頭を抱えた。

（認められたことは嬉しい。でも髪色を偽装しろだなんて……）

資格を持たない者を皇帝にするために偽装工作に加担する。たった今、無実が証明されたばかりなのに今度は本当に罪を犯せと言われているのだから到底受け入れられる話ではなかった。

それに、妃になれというのが引っかかる。

（もし要望に応えるとしても、妃になる必要はないのでは？）

専属の髪結師ではいけないのか？

疑問を口にする前に、先んじて怜新が答えた。

「妃になれば二人きりで過ごしても不審に思われない。夜のうちに、密かに髪を染められるだろう？」

「ああ、そういうことですか」

理由はわかった。でもだからといってやはり「承りました」とすんなり返事はできなかった。

朱亜が悩んでいるのを見て、怜新は勝ち誇ったような笑みを浮かべてある物を懐から取り出した。

「おまえの部屋からこのような書物が見つかった」

「それは！」

「この『美髪養生伝』を書き記した男は、四十年前に貴族の墓を暴いて遺髪を盗み国外追放された罪人だな。おまえも同じ思想を持つ危険人物として捕縛される……なんてことが起こらなければよいが？」

「あああ」

わかりやすい脅しだった。

「さあ、どうする？」

怜新は意地悪く笑う。

どう考えても逃げ場などなく、朱亜は俯き苦悶の表情を浮かべながら言った。

「私のこの手と、家族を守ってくれますか？」

「ああ、約束しよう」

「その秘伝書は返してください。それから……！」

朱亜は顔を上げ、怜新の髪を見つめて懇願した。

「銀髪に触れてみたいです！　皇族の赤髪も研究させてください！」

己の欲望に負けた。

（どうせ断れないのなら、目の前にある最上級の美髪を知り尽くしたい）

「本当に綺麗……！　こんな色見たことないです。しかも今だけ銀髪なんですよね？　すごい、どうしてそうなったんだろう？　ええ〜、今すぐ調べさせてもらってもいいですか？」

「………」

怜新の口元がやや引き攣っているのは、朱亜が急に勢いづいたからだろう。

建起からも奇妙な物を見る目を向けられているが、朱亜にとっては些末なことだ。

「このお仕事、向朱亜が承ります」

「あ、ああ。よろしく頼む」

「はい！」

窓から差し込む光によって、怜新の銀髪がきらきらと輝いて見える。

（ああ、本当に美しい。さすが皇族の髪、素晴らしい）

自然と口角が上がり、表情が緩む。

まったく想像もしていなかった話だが、朱亜の心はすでに怜新の髪に向かっていた。

皇族特有の『赤』とは鳳凰の色。噂によれば、真っ赤ではなく落ち着きのある赤銅色に近いらしい。

髪色を変えるには、当然のことながら染料が必要になる。

髪結師は独自の仕入れ先を持っていて、朱亜の場合それは実家の向（こう）整髪堂だった。実家には両親と兄がいて、客が住まう貴族邸に赴き髪結を行っている。

「何にせよ、無事でよかったよ」

「心配かけてすみません、兄さん」

ここは、朱亜に与えられた紅麗宮（こうれいきゅう）の一室。

円卓で隣に座っているのは、朱亜の五歳上の兄である向賢双（こうけんそう）だ。

漆黒の髪は頭頂部でまとめ、薄茶色の幞頭（ぼくとう）で覆っている。昔から笑った顔が兄妹（きょうだい）そっくりだと言われてきたが、特に目元がよく似ていると朱亜も感じていた。

「おまえが怜新殿下の寵妃とは……天変地異の前触れだろうか？」

腕組みをした兄は、煌びやかな襦裙姿の妹に困惑気味である。

見るからに高位の武官である建起が控えている状況にも戸惑っているようだ。

（天変地異ならもう起きている）

髪結師から偽の妃になるなど、朱亜にとっては災害みたいなものだった。

兄には、ここ数日の出来事を包み隠さず打ち明けることになった。兄がいなければ良質の染料が手に入らず、怜新の銀髪を赤く染めるのは不可能だからだ。

当然、怜新には許可を取っている。

「私はとある貴族様の隠し子、という体でいくそうです」

「なるほど、それなら言葉遣いや所作が粗雑でもごまかせるな」

「粗雑って」

どうあがいても避けられない事態なのだと悟ったのだろう。兄は諦めた様子で「とにかく生きていればそれでいい」と笑った。

「それで本題なのですが」

朱亜は、怜新の姿を思い出しながら一つずつ説明していくことにした。

「怜新様はもともと赤髪だったそうなのです。でも今は見事な銀髪でして。それはそれは艶々でサラサラの銀髪で……この世のものとは思えない美しさでした」

「ほう」

　謁見の後、詳しい事情は建起から改めて教えてもらった。

　義髻の下から出てきたのが銀髪だったのでてっきりそれが地毛の色なのだと思い込んでいたが、そうではないらしい。

「ひと月ほど前のことです。朝、目覚めたら銀髪になっていたと」

「そんな話は聞いたことがないな」

「ええ、一晩で髪の色は変わりませんよね。髪が抜け落ちるならまだしも、頭髪全体の色が変わるなんて……」

「そうだな。染めるにしても一晩では無理だ」

　赤い髪を銀にするには、一度脱色してから銀の染料を入れていく。

（脱色液を塗った上で日光に晒さなければ髪色は抜けない。髪結師が手を尽くしたとしてもあのように完全な銀髪にするには十日はかかる）

　一晩で、などあり得ない話だった。

「根元は？　ひと月経ったのなら髪が伸び、根元の部分が赤くなるだろう？」

「それがずっと銀髪のままなのです」

「妙だなあ」

「はい、それで怜新様は『呪い』ではないかと疑っていると」

「ふむ……？」

この国では、法律で禁じられているが呪術は存在する。

古くからまじない師や祈禱師は宮廷で確固たる地位を築き、災害を予見したり方角を占ったり様々な役目を任されていて、でもその裏側で呪いを用いて政敵の動きを妨害するといった行為も繰り返されてきたという。

「怜新様の髪が突然銀髪になった日、祈禱殿にあった破邪の鏡が割れていたそうです」

「皇族を災いから守る鏡か。誰かが呪いを放ち、防ぎきれず割れたということか？」

朱亜は頷く。

兄は目を閉じて考え込んでいたが、一連の説明に納得を見せた。

「知らぬ間に誰かに染められた可能性よりは、呪いの方がよほど現実的だな。どこぞの術者に金を積めば、恋敵の髪を失わせる呪いをかけられるという話は聞いたことがある。嫌がらせや復讐で髪を奪おうとすることは珍しくない」

なんと恐ろしい、と朱亜は身震いした。

建起に説明されたときは、怜新が怒りや悲しみを露わにせず淡々としていたために「宮廷とはそういうところなのか」と流してしまったが、今思うと呪いが当たり前に使われているとはとんでもない。

「相手の目的は、怜新様の即位を阻むことなんだろうか？　でも、随分と回りくどいことをするのだな」

兄は首を傾げる。

「あ、そこは私も同じことを思いました。怜新様に尋ねたら……」

朱亜はあのとき、怜新に率直に疑問を投げかけたのだ。

『殺した方が早くないですか？』と。

それに対し怜新は、人を呪う対価について語った。

『人を殺めるほどの呪いは多大な贄が必要だ。術者も死ぬ可能性がある。そんなことをせずとも、髪色を変えるだけで今の地位から引きずり下ろせるのだから、そちらを選んだのだろう』

術者だって命は惜しいはず。

個人的な恨みつらみがあるのならともかくとして、誰かに依頼されたのであれば自分の命と引き換えにするのは割に合わない。

「なるほどねぇ……」

兄は細い簪を取り出し、幞頭と髪の間にそれを差し入れて頭を掻きながら目を閉じた。状況は理解してくれたらしいが、その表情には戸惑いの色が浮かんでいる。

当事者である朱亜ですら未だ困惑しているので、兄のこの反応は至極当然だった。

「とにかく、私の仕事は妃のふりをして怜新様のそばに侍り、髪を赤く染めることです。期限は呪いが解けるまで。もしくは即位の儀が無事に終わるまでとなります」

普段は義髻があるのでどうにかやり過ごせているが、即位の儀では多くの者の目に触れることになる。

『呪いをかけた相手は見当がついている。もしも即位の儀でその者から義髻の可能性を指摘されれば、私は自分が正真正銘の赤髪であることを示さなくてはならない』

公の場で銀髪が露呈すれば、怜新は何もかも失ってしまう。

朱亜は最初、命がかかっているのは自分だけと思っていた。けれど、怜新もまた処罰される危機にあったのだ。

(犯人は第一皇子か第二皇子か？　はっきりとはおっしゃらなかったが、おそらく異母兄のどちらかなのだろう。呪いによって次期皇帝の資格を奪われ、処罰されるかもしれないなんて可哀そうすぎる。何も悪いことをしていないのはあの方だって同じだ)

朱亜は牢に現れた怜新のことを思い出す。

自ら足を運ぶ必要はなかったのに、自分の目で確かめたくてわざわざ訪れたのだと言っていた。

(よくよく考えてみれば、あの方が牢へ来なければ私は冤罪で罰せられていたかもしれない。武官が失態をごまかすために「髪結師は愛玲妃と共謀していた」と報告しないとも限らないし)

結果的に、朱亜は怜新によって助けられたのだった。

兄はぬるくなった青茶を一口飲むと、少し落ち着いた声音で言った。

「まだすべてを理解できてはいないが、次期皇帝陛下のためだ。臣下としてできる限りお力添えをさせていただこう」

「ありがとうございます！」

人のいい兄が断るとは思っていなかったが、こうして話がまとまると安堵(あんど)した。

「私は染料を用意すればいいのだな？」

「はい、でもよりによって赤なんですよ」

「赤なんだよなあ……」

黒褐色であれば、大豆などの植物の汁で染められるので材料はすぐに手に入る。しかし赤だとそうはいかない。

「異国から材料の葉を取り寄せるか、鉱物を潰して作った染料を混ぜるか……？　しかも染まりにくい上に頭皮から染料が染み込むと体によくないからな」

「生え際には生臙脂(しょうえんじ)で作った粉末を使おうと思っています。妃方が使う頬紅によく使われているのでそれを元にすれば私でもすぐに作れますから」

　この国で作られる生臙脂は、指先ほどの小さな虫から作られる染料だ。口紅、頬紅などに使われている。野山のどこにでもいるありふれた虫だが、虫だと知れば妃たちからは敬遠されると想像できるので「植物からできています」と言うことにしていた。

（虫は葉を食べる。だから嘘ではない）

何事も知らぬ方がいいことはある。

怜新にも聞かれるまでは教えないでおこうと朱亜は思った。

「我が一族の誇りにかけてどうにかしよう。染料が手に入ったらどうすればいい？」

「ここへ持ってきてください。建起様に預けてもらえれば、と」

朱亜はずっとそばで控えていた建起を見る。

彼はこのところ毎日朱亜のそばで護衛をしていて（とはいっても特に何も起きないので主な役目は朱亜の見張りだった）、見た目通りの実直な性格だった。

劉建起（りゅうけんき）、二十七歳。黒目黒髪の精悍（せいかん）な男である。

次期皇帝の直属の護衛武官なのに偉ぶった言動もなく、ただの髪結師である朱亜に対しても丁寧に接してくれていた。

（便利に使っちゃっていいのかと罪悪感はあるけれど、今の私にはこの人しか頼る人がいない）

建起は、主君の命令に忠実に動く部下だ。怜新が朱亜を必要としている限りは守ってくれるし、手伝ってもくれるようだった。

大事な物をどこの誰かもわからない使用人に預けることはできないから、兄と建起が直接やり取りしてくれれば安心だ。

「では、染料や鉱物が手に入ったら連絡する」

兄はそう言って紅麗宮から去っていった。

妹の無事を確かめるために来たはずが、難題を抱えて帰ることになるとは思っていなかっただろう。

（いくら仕入れ先をいくつか持っていても、今日明日でどうにかなる話ではない。大変なことに巻き込んでしまった）

心の中でごめんと詫びながらも、恨むなら怜新を呪った相手を恨んでくれとも思う。

「さて、と」

見送りを済ませた朱亜は、建起を振り返って尋ねた。

「物置ってどちらにあります？　それに、資材置き場も」

「何かご入用なら取ってきますが？」

「いえ、自分で見たいんです。運ぶのは手伝ってくださると助かります」

「わかりました。ご案内します」

建起は母屋に沿って西側へと回り、葉蘭が生い茂るのを見ながら足早に進む。

夜には怜新が訪ねてくることが決まっていて、しなければならないことが山積みだった。

（任されたからには妥協しない。完璧な赤で偽ってみせる）

そのためには、まず下準備をしっかりしたい。

朱亜は意欲に満ちていた。

漆黒の帳の向こうには、丞相を始め大臣や官吏らおよそ三百名が集まっている。

赤髪の義髻姿で黒い装束を纏った怜新は、彼らが挨拶の口上を述べるのを冷めた目で見下ろしながら聞いていた。

（皇帝陛下の崩御を心から悲しんでいる者などいない、か……）

最も近くに控えている丞相の偉慶心は、怜新の伯父にあたる。

辺境出身の官吏から名家に婿入りして成り上がったこの男は、生まれながらにして栄華を極めていた亡き皇帝とは相性が悪かった。義妹である怜新の母、美欧が後宮入りした際も「なぜ皇后ではないのか」と不満を漏らしていたという話は有名だった。

怜新の母は病がちで、子を産んでから長らく離宮で静養していた。

皇帝は彼女のことを三ヵ月に一度は見舞うほど心を砕いていたので偉家と皇族との間に大きな諍いはなく、五年前に皇帝直々に「後継は怜新だ」と指名されて以来、丞相は甥の即位を心待ちにしていた。

怜新が皇帝になれば、偉一族の地位がより盤石になる。偉丞相は怜新の支持者を増やすため、惜しまず財を使っていた。

今日は皇帝崩御についての報告が行われ、丞相によって次期皇帝は怜新であることが大々的に宣言された。

彼は怜新に対し、仰々しいほどに丁寧に頭を下げて言う。

「亡き陛下のご崩御は無念でありますが、これほど迅速に事態を収束できたのは怜新様のご慧眼のおかげ。誠に素晴らしい。我々は全身全霊で怜新様の御代をお支えする覚悟でございます」

「……ああ」

議場は盛大な拍手で満たされる。

特に兵部の者たちは、愛玲妃が怜新の前で自白してしまい自分たちが手柄を立てられなかったという不甲斐なさから話題を逸らしたくて丞相に同調していた。

皆が丞相に倣い、口々に怜新を称賛していた。

そして最後には、宮廷が一丸となって国を守っていこうという高揚感に包まれる。

「いつまでも悲しみに暮れているわけにはいかない。皆で力を合わせてこの局面を乗り切ろうではないか！」

「はい！」

「やりましょう！」

議場の熱に、怜新は呆れた様子で小さく息をついた。

(『いつまでも』？　おまえたちは一瞬でも悲しんだか？)

ただし、いちいち問いただしていたらキリがないので放っておくことにする。

(丞相が呪いについて知ればどう思うだろうな)

ふとそんなことを思った。

昨年、怜新の母が亡くなったときの彼の反応はあっさりとしたもので、義妹を亡くしたというのに花を手向けるだけで大して顔も見ず早々に帰っていったのだ。

伯父とはいえ、完全に信用はできない。

(使えぬと判断されればどんな扱いを受けるか？　丞相にも髪のことは気づかれないようにしなければ)

今、宮廷は辺境地域への扱いで意見が割れている。

国の維持、繁栄のためには辺境地域を切り捨てることはできないと考える怜新だったが、首都出身の大臣や官吏らは「首都が栄えてこその朱苑国だ」といい顔をしない。

(辺境を切り捨てれば他国に侵攻されてしまう。国土は広ければいいというものではないが、今より縮小させては国の存続が危うい。丞相が辺境出身であったことは助

かった。信用はできないが政策はそう違わない）

朱苑国を守るには、何としても自分が皇帝として立たなくては。

怜新の目線は、議場の前列の一角に向かう。

本来そこには兄である第一皇子、炎翔が座っているはずだった。

炎翔は怜新より三つ上の二十六歳。怜新が次期皇帝だと指名されて以来、その席が埋まったことは五年間で一度もない。

怜新の背後で控えている官吏たちから小さな声が聞こえてきた。

――第一皇子殿下はやはり欠席か……。

――宮で臥せっておられるとか。心労でとても出てこられぬらしい。

皇后の子であり、第一皇子で赤い髪。すべてが揃っていても、炎翔には絶対的に欠けているものがあった。

（私が次期皇帝に指名されたとき、兄上は涙声で「おめでとうございます」と口にした。……心から喜んでおられた）

炎翔は、人前に立つと極度の緊張から何も言えなくなる性格だった。

一対一であれば会話はとても円滑に進むが、それが大勢の官吏たちの前に出た途端に石のように固まってしまう。

（理知的で思いやりのあるお人柄だが、あの様子では皇帝の役目は果たせない）

生まれつき体が弱いことも事実だった。

帝位争いから離脱した炎翔は、宮廷から少し離れた宮で療養中だ。

(もう一人の兄は心中穏やかではない……はずだが、いつも通り涼しい顔だな)

帳越しではあるが、怜新から近い場所に第二皇子の孔春が静かに着席していた。

怜新より一つ上の二十四歳で、柔らかな薄茶色の髪を翡翠の飾りで一つに纏めた姿は優しく温和な雰囲気を醸し出している。

孔春は身分の低い妃の子でなおかつ皇族の赤を受け継いでおらず、帝位争いをする立場にはいない。だが笑顔の裏で、皇族や丞相と敵対している貴族を言葉巧みに煽っているという話は耳にしていた。

閉会間際、丞相から祝いの言葉を求められた孔春は立ち上がるとにこりと微笑み、恭しく合掌して頭を下げる。

「私などが何か申し上げるなど気が引けますが……偉大なる鳳凰の輝きを色濃く受け継いだ怜新様の世が、どうか末永く繁栄しますように」

(しらじらしい)

怜新は無表情で孔春を見つめながら思う。

(私はこの男から一度たりとも親愛の情を向けられたことはない)

孔春の笑顔も言葉も、不信感を煽るだけだった。

「ああ、期待に応えるとしよう」

自信に満ちた、堂々とした態度で怜新は言う。

己の即位に一抹の不安すら抱えていないように、あえて尊大な態度を装う。

最後に、官吏の中で最も身分の高い男がかしこまって尋ねた。

「朱苑国の新たな光であらせられる怜新様。我々臣下一同、新しい後宮につきましてご相談したく存じます」

「ああ、その話を失念していた」

今日この場で後宮について声が上がることは予想済みだった。

全員が固唾を呑む中、用意していた言葉を発する。

「此度、私は妃を迎えた。たった一人しか目に入らぬほど愛おしい娘だ。皇帝陛下のご崩御に伴い慶事は控えるから、妃の披露目はないものとする。皆、わかってくれるな？」

「なっ……!?」

突然の報告に、どよめく官吏たち。

皆、これまで女性を寄せ付けなかった怜新の心変わりに動揺を隠せないでいた。

「そうか、声も出ないほど嬉しいか。皆の心遣い感謝する」

「!?」

怜新は、唖然とする臣下を置き去りにして議場を出る。

皆が偉丞相に詰め寄ることが想像できたが、朱亜を妃に迎えたのは怜新の独断だから何も答えることはできまい。

ただし、丞相ともあろう男が「何も知らない」「相談すらされていない」とは口が裂けても言えず、怜新の行いを認めたと言わざるを得ないこともわかっていた。

長年磨いてきた処世法で、彼は官吏たちを見事に宥めてくれるだろう。

(そちらが利用するならばこちらも利用させてもらう)

怜新は赤い髪をなびかせ、振り返ることなく去っていった。

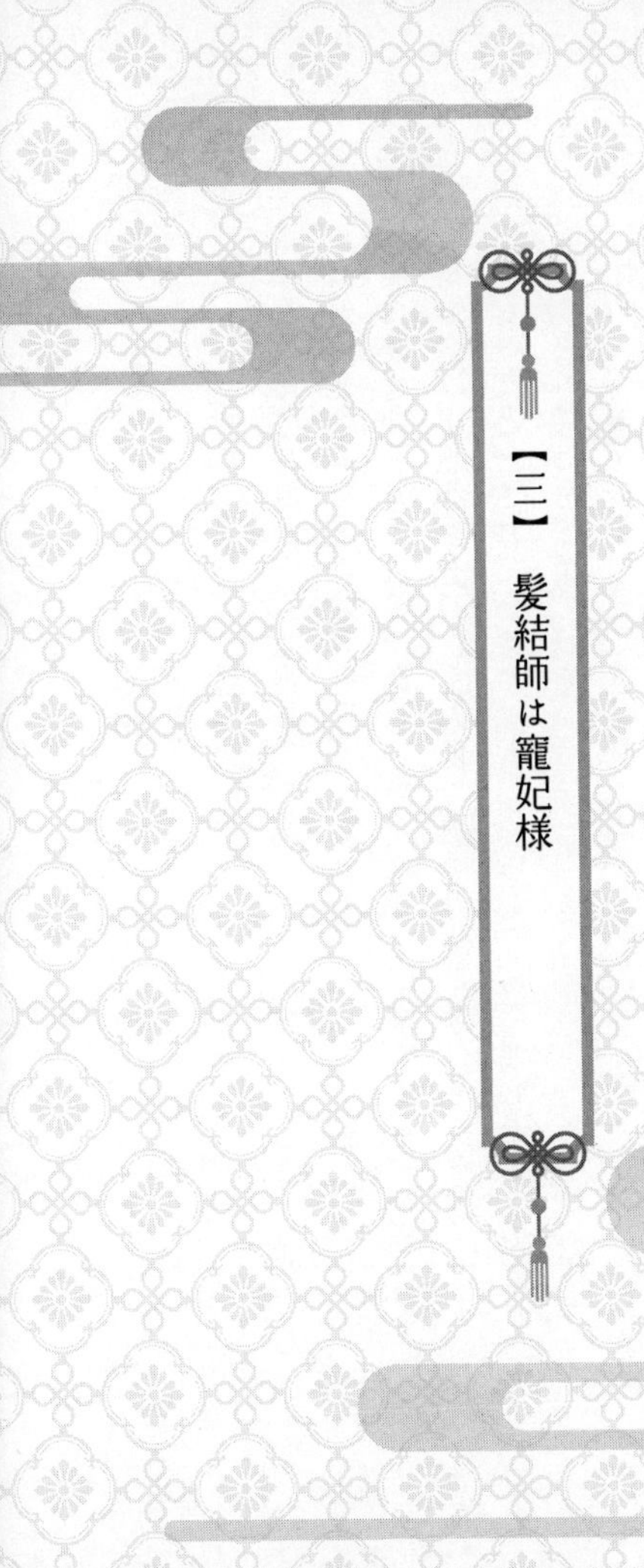

【三】 髪結師は寵妃様

「ようこそ、おいでくださいました！」

「……おまえ、その格好はどうした？」

夕方になり、朱亜のいる紅麗宮へ怜新がやってきた。

迎えに出た建起の手元に義髻があり、怜新は髪を結わず銀髪姿を晒している。

冕冠も簪もつけず頭部をそのまま人目に晒すのは衣服を身に着けずに歩いているような恥ずかしいこととされているのに、いくらこの宮に誰もいないからといってこうも堂々と登場されてはさすがに驚く。

怜新は怜新で、朱亜の姿を見て眉根を寄せていた。

「私のこれは、動きやすさ重視でこうなりました。道具はすべて運び込んでもらったんですが、仕事着をお願いするのを忘れてしまって……」

美しい薄紫色の襦裙の袖は肘のところまで捲り上げられ、白い腰紐で遠慮なく縛っていた。下衣は掃除の宮女たちが穿く物を借りている。

「仮にも妃だから品位を保つようにと頼んだのですが……止められずにすみません」

建起が申し訳なさそうな顔をしている。

それでも、袖がひらひらと舞うような服では本業に差し障るのだから仕方がない。見えないでしょう？」

「お目汚しになりますが、どうせ私は背後に立つので許してください。見えないでしょう？」

「おまえに恥じらいはないのか？」

「ご理解いただきありがとうございます」

「ないんだな」

怜新は残念な物を見る目を朱亜に向けながら、「明日のうちに仕事着も何とかする」と言ってくれた。

「ところで本当に私は妃になったのですか？　大反対されませんでしたか？」

貴族の隠し子という設定を付けたとしても、素性のわからない娘が妃になるなど認められるとは到底思えない。

でも怜新は「心配無用」と答えた。

「面倒なことは丞相に押し付けたが、その丞相とも議会が終わった後で話をつけた。偶然にもおまえと出会い、互いに惹かれ合いどうにも気持ちを抑えられなかったのだと語ったら認めてくれた」

「そんな取って付けたような恋物語を丞相様が信じたんですか？」

「半信半疑だったな」

丞相の顔を思い出しているのだろう、怜新は顎に手をあてて言った。

「でも今は、私の機嫌を損ねたくないのだ。自分が今の地位にあり続けるためには次期皇帝の私が必要だからな。恋情などどうせ一時のものだと、今は放っておこうと考えたに違いない。そもそも皇后にすると言っているわけでもないし、娘の一人や二人囲っても本気で抗議する者はいない」

皇帝陛下が亡くなり、それどころではないといった状況も理由らしい。丞相はいずれ後宮を作るにしても今は怜新の『一時の戯れ』を許すことにしたようだった。

「でも、怜新様は恋とかしなそうなのに……？」

つい心の声が漏れ出てしまう。

まるで精巧に作られた人形のようなこのお顔が、誰かに恋をして瞳に光が宿る……なんてことがあるのかと疑問だった。

「世の中には意外な出来事などいくらでもある。今の状況だってそうだろう？」

「それはそうですけれど」

「だいたい、人は信じたいものしか信じない。だから真実などさほど重要ではない。大事なのはいかにそうだと思わせるかだ」

「つまり『私たちは恋に落ちました！』で押し切ればいいと？」

なかなか大胆なことをおっしゃる、と朱亜は呆れた。

（せめてそれらしい態度や表情が作れれば信ぴょう性も高まるんだろうけれど、今のままで大丈夫なんだろうか？　寵妃に夢中な皇子様を演じられるほど器用そうには見えない……）

怜新は、不安げに眉根を寄せる朱亜を冷めた目で見返してくる。

「おまえ何か不敬なことを考えているな？」

「いえ、そんなことはありません」

鋭い指摘に、朱亜は慌てて否定した。

怜新の視線に耐えられず、さっと目を逸らす。

「ふ、不敬罪に問われます？」

「問わない。面倒だからな」

理由はともかく、朱亜はほっと安堵の息を吐く。

「あの、こちらはどこに置けばよろしいでしょうか？」

義髻を持った建起が尋ねてきた。

彼の存在をすっかり忘れていた朱亜は、壁際にある黒檀の卓の上に置いてほしいと頼む。

「義髻は後でしっかり手入れをします。まずは怜新様の方から……」

この部屋にあった大きな円卓は別室に移してもらい、寝所と繋（つな）がっている広い空間には調度品のほかには揺り椅子だけにした。

窓は大きな布で覆い、外から見えないようにしている。

「どうぞこちらの椅子へ。ちょうどいい感じに曲がる、木が腐りかけた椅子を見つけましたので朝まで座っても腰が楽です」

「おまえは皇族を何だと思っている？」

「あはは……でも建起様に座ってもらって安全性は確かめてありますので！　どうぞ」

「…………」

怜新は渋々といった様子で揺り椅子に腰かける。

ぎしりと軋む音に一瞬だけ顔を顰めるも、悔しそうな顔で言った。

「確かにこれはいい」

「でしょう？」

朱亜は満面の笑みを浮かべる。

そして、失礼しますと言ってから怜新の背後に回ってその頭髪をじっくりと観察し始めた。

今日はまだ染料がないので赤くは染められない。

しばらくは義髻暮らしを継続してもらいながら、下準備を行うことに決めていた。

「官吏のように出仕するときだけ義髻を使うならともかく、毎日頭髪を覆っていては頭皮と毛穴の状態が心配です。まずはしっかりお手入れさせていただきます」

　朱亜は小瓶から出した液体を手のひらに広げ、両手を握ってよく指になじませると
怜新の頭を両側から包むようにして触れる。

「甘い匂いがする」

「これは甘草（かんぞう）や瓜（うり）の種子などから作られた水です。頭皮の汚れを落としたり、栄養を補給したりするために使います……って、頭がっちがちですよ!?」

　朱亜は、指先で怜新の頭皮を揉（も）みながら眉根を寄せる。

　男女の違いはあっても、妃の頭と比べると明らかに動きがよくなかった。

「この頭皮でどうしてこの綺麗な髪を保っていられるんですか？　信じられない、あまりにもお手入れ不足です」

　髪結師としては嘆かずにいられない状況だった。

「頭皮は畑！　作物は土が肥えていないとおいしく育たないように、髪もまた頭皮が整っていないと美しくならないのです！」

「私は美しさなど求めていない」

「任されたからには完璧を目指します！　手は抜きません！」

「人の話を聞け」

　怜新がこだわるのは髪の色だけで、美しいかどうかは興味がないのだということは

理解できる。けれど、朱亜は職人としておとなしく引き下がるわけにはいかなかった。

一束を手に取ると、するすると絹糸のように流れていく。こうして触れればまったく傷んでおらず、「脱色や染毛はされていない」と確信した。

（赤に染めても、この美しい髪は守らなければ）

朱亜は怜新の髪に少量の香油をなじませ、丁寧に絡ませていく。

「はあ〜……本当に素晴らしい髪ですね」

思わず漏れる感嘆。

そんな朱亜だったが、怜新はそっけない反応だった。

「褒めても待遇はよくならないぞ」

お世辞だと決めつけているようだった。

朱亜は真剣な顔で反論する。

「怜新様のことは褒めていません。髪を褒めています」

「私と髪は別なのか？」

「はい」

髪と持ち主は似て非なるものである。

「髪は髪で、人は人なんです。まったく違う物です。ああ、『人を憎んで髪を憎まず』と『美髪養生伝』にも書いてありました」

「ろくでもない思想を後世に残すな」

表情は見えなくても、声音から困惑が伝わってくる。

一方、二人のやりとりを黙って見ている建起は微動だにせず。昼間に物置や蔵であれこれ探し回る朱亜を見たせいで、早くも慣れたらしい。

(怜新様にもなるべく早く私に慣れてもらわなくては)

何も自分が好き放題したいから、そんなことを思ったわけではない。

慣れないうちは緊張から心身共に頭皮にも負担がかかるので、少しでも和やかな気持ちになってもらいたかった。

「そういえば専属の髪結師はいらっしゃらないのですか?」

怜新からは、銀髪の秘密を知るのは建起と女官の玉永だけだと聞いていた。

通常、皇族であればそれぞれに専属の髪結師がいるはずで、その者が一番先に秘密を共有してもおかしくない。

怜新は前を向いたまま「いない」と答えた。

「髪がまだ赤かった頃、ひと月前までは私にも専属の髪結師がいた。今は公主の宮で髪結師の教育係をさせている」

その者は髪結の技術は長けていたが、染毛については専門外だったらしい。

(男性は職人の数が多いから……髪を切る、染めるのは調髪係に任せ、髪結は髪結師

に任せる分業制だったな。女性の髪結師が何もかも任されるのとは違う)

　せめて彼に義髻の手入れだけでも任せられたらよかっただろうが、そうするとなぜ急に義髻を使い出したのかと芋ずる式に話さなければならなくなる。

　秘密を知る者は少ない方がいい、と怜新が慎重になったのだと朱亜は察する。

「そういえば」

「はい」

「あの者は、腕は確かだったが楽しげな顔は一度も見たことがない」

「さすがに皇子様の前ではしゃぐわけにはいかないのでは?」

「おまえは?」

「私は隠し切れない性分なのです」

　というより、怜新と初めて会ったのは牢屋の中だった。今さら何を取り繕えばいいのやら……と朱亜は苦笑いになる。

(ああ、今思えばお妃様方が寛容だったのかもしれない。私のこの性分を笑って許してくださっていたのだ)

　後宮にいた頃から、最低限の礼儀作法は守っていたが髪へのこだわりは存分にさらけ出していて、隠すつもりはなかった。離れてみて気づくこともあるのだと、朱亜は少し反省する。

（とにかく今はこの可哀そうな頭皮をほぐさなければ）

部屋に沈黙が広がる。

朱亜は懸命に手を動かし続けた。

しばらく経ってからふと気づけば窓の外はとっくに陽が落ちていて、使用人たちも寝静まる時間だ。手を動かしている朱亜はいいとしても、じっと座っている怜新はつらいのではと気づいた。

「怜新様、眠っても大丈夫ですよ？　きちんと仕上げておきますから」

「別に眠くない」

そっけない返事だった。

朱亜は「本当に？」と疑念を抱く。

（ああ、そうか。私のことを信用していないから寝られないんだ）

皇族が誰の前でも眠るとは思えない。

依頼したのはほかの誰でもない怜新だが、髪を任せられる人間が朱亜しかいなかっただけで信用しているとはまた別の話である。

（どうしようかな、毎晩これでは疲れさせてしまう）

悩んだ朱亜は、控えていた建起の方を見て言った。

「すみません、建起様。こちらで私の手の動きを覚えてくださいませんか？」

「私が、ですか？」

「ええ。このお手入れはコツさえ摑めば私じゃなくてもできます。触れているのが建起様であれば怜新様は眠れるでしょう？」

触れていた頭が動き、怜新が振り返って朱亜を見上げた。

表情はほとんどないので何を考えているかわからないが、不思議がっているような気はする。

朱亜は苦笑交じりに説明した。

「髪結師としては誰が触っても同じとは言いたくありませんが、私はその方にとっての最善の方法を取りたいんです。夜は少しでも長く寝た方がいいですよ」

頭皮が凝り固まっているほどお疲れなのだ。

（ここは自分の触りたい欲求より、本体（怜新様）が健やかであることを優先しよう）

泣く泣く諦めることにした朱亜。

建起は言われた通りにそばにやってきて、じっと朱亜の手元を観察している。

本当に真面目だなあと思っていたら、黙っていた怜新がぽつりと言う。

「気遣いは不要だ」

どうやら余計なお世話らしい。困ってしまって建起と顔を見合わせたとき、今度ははっきりとした声が聞こえてきた。

「この者は力が強い。頭を砕かれては堪らん、だからおまえに任せる」

そう言うと怜新は瞼を閉じ、眠るそぶりを見せた。

思わず顔を覗き込んでみるが、怜新が目を開けることはない。

(寝たふり……でも歩み寄ってくれたのだろうか?)

意外にも優しいところがあるのだなと驚く。

この夜、怜新は自分への施術が終わった後も別室で義髻の手入れを待ち、明け方になってから宮廷へと戻っていった。

これから毎晩こんな生活が続くのかと思うと、朱亜より怜新の身が保たないのではと心配になってくる。

(何か方法を考えなくては)

建起は怜新を送っていったので今は久しぶりの一人きり。気が緩んでつい大きなあくびが出る。

今後のことはまた後で考えよう。

朱亜は眠気に負け、着替えもせずに寝台に倒れ込んでしまうのだった。

怜新の髪の手入れを任されて数日後。

朱亜は後宮から運んでもらった髪結師の装束を纏い、怜新の義髻とにらめっこしていた。

（高貴な方の髪にしてはやけに傷んだ毛先に、色ムラのある赤茶色。牢で初めてこれを見たときの違和感はかなり収まってきた）

すぐそばには、「寝台を使ってください」と勧めたにも拘わらず寝ようとはしない怜新が座って茶を飲んでいる。

建起も休まずずっと立っていて、よく疲れないものだと感心した。

玉永が淹れてくれた甜茶は、煌めく黄金色で普通のそれより色が薄い。

朱亜の分まで用意されていて、たった一口でこれまで飲んだことのない香りと甘味が感じられた。

（高いお茶っておいしい）

これまでお茶は渋いものだと思い込んでいた朱亜だったが、「うっかり贅沢に慣れたら困るな」と心配になるほどの味わいで幸せな気分になった。

朱亜は一口飲むと作業に戻り、豚毛の櫛で丁寧に義髻を梳かしてから特別製の保水液に髪の部分だけを浸す。

「それは？」

怜新が尋ねる。

朱亜は振り向いて笑顔で答えた。

「頭浸浴です。髪から抜けた潤いを補充しています」

（うん、だんだん綺麗になってきた）

作業をしながら自然に口角が上がっていたようで、それを見ていた怜新から「何がそんなに楽しいんだ？」と呆れ混じりに言われてしまう。

「『何が』って、髪が綺麗になるのは嬉しいじゃないですか？」

むしろどうしてわからないのかと疑問に思うくらいだった。

「たかが髪と思うかもしれませんが、髪に艶が出たら心が満たされるんです」

「他人の髪でも？」

「もちろん！　お妃様方は皆さま喜んでくれましたし、髪型や飾り次第でも気持ちが変わるんです。鏡を見た瞬間の笑顔は最高ですよ」

「ふぅん？」

ああ、まったくわかっていないなと怜新の反応から察する。

別にいいですけれど……と呟きながら義髻を持ち上げ、手巾で丁寧に拭いていく朱亜。怜新は変わらずその様子を見続け、しばらくしてから口を開いた。

「同じ義髻でも手入れの仕方で見違えるものだな」

朱亜は目を瞠り、振り返って怜新を見つめる。

「何だ？　私にだって違いはわかる」

なぜそんな顔をしているのかと怜新は言いたげだった。

朱亜はわかってもらえたことが嬉しくて、次第に笑みが浮かぶ。

(ほら、やっぱりいい物はわかるんだ！　庶民の私にもお茶の味がわかったように、髪の変化だって……！)

朱亜は上機嫌で義髻についた水気を優しく拭き取っていく。

油を馴染ませる手を動かしながら、自然と口から言葉が漏れた。

「私は、私の力でいつか怜新様が幸せそうに笑ってくれたらいいなと思います」

妃たちが笑ってくれたように、怜新にも喜んでもらいたい。

これは朱亜の本心だった。

ところが怜新は視線を落とし、薄く笑って言った。

「それはない」

「否定するの速すぎません!?」

持っていた手巾と櫛を落としそうになり、慌ててしっかりと握り締める。

話をするだけ無駄だったかと不貞腐れてしまう。

怜新はそんな朱亜を見て、仕方がないなという風に少しだけ笑った。

(どうも面白がられている気がする)

毎晩顔を合わせてこうして会話もしているが、相変わらず怜新はここで眠らないし、信頼を得るのはまだ先だとわかる。

外の話もなかなか教えてもらえず、妃たちはもう後宮を出たのか、呪いのことはどうなっているのかわからないことだらけだった。

（別に今がすごく不満というわけでもない、ただ――）

ときおり、自分だけ取り残されているみたいな気分になる。

後宮で働いていたときのような自由が今の朱亜にはないのだ。

「でもここには最高の素材様がいらっしゃるから……」

「今私を見て言ったか？」

朱亜ははっと口をつぐむ。

怜新は朱亜を軽く睨んでいたが、ふと思い出したかのように言った。

「そういえば、元四妃の漢佳華から質問状が届いた」

「佳華様から!?」

髪結師の向朱亜が捕えられ、即日解放されたというのは伝えられているはず。聞けば、佳華は昨日後宮を出て生家に戻っていったそうでその際怜新に文を送ってきたらしい。

「丁寧な言葉に言い換えてあったが、要は【向朱亜の安否をこの目で確かめられないのは大変に不満だ】と」

「佳華様……」

そこまで心配してくれるなんてと、朱亜は胸がじんと熱くなる。

「返答次第では【父親の漢将軍の私兵を借り、首都を捜し回ってしまうかもしれない】とも書かれていた」

「佳華様!?」

そんなことになれば、兵部と漢家の対立で首都が荒らされてしまう。途端に物騒な話になって朱亜は青褪める。

「漢家の女は気が強い。陛下が一度も佳華妃の宮に足を運ばなかった理由は政治的なものより相性の問題だったのか？」

「せめて直筆の文を送らせてください。お願いします！」

「それがいいだろうな」

「はい！　ありがとうございます！」

検閲の上だが文を送れる。朱亜はぱっと目を輝かせて喜びを噛み締める。

（お約束していた義髻や付け髪もお送りしよう）

もう会えなくても約束は果たしたい。

少し浮足立つ朱亜に、怜新は心配そうに目を眇めて忠告をした。

「誰であっても信用するなよ」

不敬にも、少しムッとしてしまった。

佳華は朱亜を利用するような人柄ではないし、朱亜だって無責任に秘密を漏らすことはない。

「髪結師として秘密は守ります。そこは信用してください」

「そういう意味ではない。おまえは表向き髪結師ではなく私の妃なのだ」

「……」

「さては忘れていたな？」

朱亜は気まずさのあまり視線を落とす。

「私の妃はただ一人。今のおまえには利用価値があるのだ。これから妃としての役目も負ってもらう機会があるだろう。出会う者全員を等しく疑えと言っている」

怜新は諭すようにそう言った。庶民の自分とは違い、彼は嘘に塗れた世界で生きてきたのだと伝わってくる。

ちらりと見上げれば、怜新の真剣な目がこちらに向けられていた。朱亜が理解しているのかどうか、確かめるような目をしている。

（もしかして心配してくださった？　私が誰かに騙されて傷つかないように）

冷たく見えて、実は人を思いやることのできる方なのかも。

そう思うと途端に自分の態度が申し訳なく思えてきて、自然と謝罪の言葉が出た。

「申し訳ありませんでした」

「わかればいい」

顔を上げ、朱亜はまっすぐに怜新を見つめて告げる。

忠告してくれたことに、何かお返ししたいと思ったのだ。

「私からも一つ忠告を」

「？」

「高い位置で髪を結ぶと、頭皮が引っ張られるので負担が大きいです。頭頂部や額に脱毛の可能性が高まります」

「脱毛」

「怜新様たちがよくなさっている髪型はとても危険です」

「何だと」

宮廷勤めの者たちは、髪を結ばずして出仕できない。しかし、髪を強く引っ張って纏めるのは髪の寿命を縮めることになるのだった。

「ご自分の頭皮を信用しないでください。髪はどんな方も平等に一日五十本くらいは抜けますし、負担をかけるとそれ以上になることもありますので」

「わ、わかった。そのように努める」

朱亜の深刻な口調から、怜新は忠告をしっかりと受け止めたらしい。

建起もまた、朱亜が言った『怜新様たち』という対象の中に自分が含まれていることに気づいたようで愕然としている。

しかも、建起が初めて自分から質問を口にした。

「あの、たとえば幞頭で覆うのは……？」

「額の生え際に、纏めた髪の重みがかかります」

「!?」

「翼善冠も夏は蒸れますので避けた方がいいです」

部屋の空気が一気に暗くなるのを感じた。忠告のつもりがただ不安を煽っただけになってしまった。

いたずらに落ち込ませたくはないので、明るい声音で懸命に補足する。

「謁見などの際は仕方ないとしても、普段はなるべく下の方で太く柔らかい髪紐で結んでください。それに、私が何とかしますから大丈夫です！　建起様にもお手入れの道具をお渡しします！」

朱亜は二人に対し、まだ間に合いますと全力で励ました。

それでもなお肩を落とす様子を見ていられなくなり窓の外へ目を向ければ、夜闇に美しい月がぼんやりと浮いている。

白銀ではなく、霞（かすみ）がかった淡い金色の月だった。

(月みたいに、日ごとに髪の色が変われば面白いだろうな)

季節は春。

紅麗宮の中にいながらも、時の流れを感じるのだった。


遅咲きの梅や花海棠で、宮廷の庭が薄紅色に染まっている。

鳥たちが花を啄むのを横目に、朱亜は緊張の面持ちで座っていた。

「私って必要ですか……?」

「ああ、当然だ」

玉永の手で存分に着飾らせてもらっておきながら贅沢な不満かもしれないが、宮廷で開かれる宴に出席するなど恐れ多くて卒倒しそうになる。

隣に座っている怜新は冷めた雰囲気で、優雅に舞う踊り子たちに視線を向けてはいるが何の感想も抱いていないように思える。

盃に口をつけてごくりと酒を飲んだ彼は、肩が触れるほどの距離に並んだ朱亜にも盃を勧めた。

「おまえも飲めばいい」

「そうはおっしゃいましても」

いくら妃の扱いでも、それはあくまで役割である。次期皇帝に献上された酒を遠慮なく飲めるほどの豪胆さは持ち合わせていない。

怜新と朱亜の目の前には薄布があり、向こう側からこちらの様子は影しか見えない仕様になっている。でもそのせいで、二人で姿を現したときには『噂の寵妃様』に注目が集まっていたのだ。

この宴には、第二皇子の孔春も出席している。

薄布越しではあるが彼の視線が気になって一瞬だけそちらを見てしまったときには、にこりと微笑まれて動揺した。

(あの方が孔春殿下……怜新様とは真逆で優しげな印象だった。使用人から人気がありそう)

ただし、後宮で長らく働いていると見た目と中身の印象が一致しない人がいることも知っている。

庇護欲をそそる弱々しい妃が実は使用人たちにはとてもきつくあたるといった話もよくあったし、またその逆もあった。

怜新からは「第二皇子のことは信用するな」と警告されている。

表向きは異母兄弟として大きな諍いはないものの、昔から敵意は感じていたと。

『私を呪ったのは孔春ではないかと考えている』

それを聞いたとき、朱亜は驚きで息を呑んだ。

(母が違うとはいえ兄弟で呪いを……?)

信じたくはないが、あり得ないとは思わなかった。過去には血で血を洗う帝位争いが起きていたというのは有名な話だし、何より自分は皇帝殺害の罪を着せられそうになった。

もしかすると自分が知らないだけで、後宮内でも呪いや暗殺未遂は起きていたのかも？　その可能性に気づくとぞくりと背筋が凍った。

(考えるな、私は役目をまっとうすればいい)

宴の始まる前まではこちらに集まっていた視線も、今では踊りの方に向いていて少しだけ緊張が和らぐ。

はあ、と息を吐いた朱亜は丸い扇で口元を隠しながら呟いた。

「それにしてもいきなり宴は困りますよ」

そんな泣き言を聞き、怜新はかすかに笑った。

朱亜が彼から「宴に出席する」と聞かされたのは昨夜のことだった。

寵妃の存在を皆に知らしめる必要がある、と言うのだ。

礼儀作法に不安のある朱亜は嫌がったが、妃が本当に存在するか疑われていると聞けば出席しないわけにはいかない。

(丞相様も大臣もわりと疑り深いな。ううん、きっと怜新様の態度に真実味がないからだ)

昼間は政務を行い、夜間は朱亜のいる紅麗宮で過ごす。

連夜通い詰めてはいても昼間の怜新の様子にこれといった変化はないだろうし、噂の寵妃を誰一人として目撃していなければ「本当に妃は実在するのか？」と疑いの目が向けられるのも当然だった。

琵琶や二胡、笙の音色が心地よく、宴の席は春の光で満ちている。

宮廷の宴など初めてだが、百名は下らない官吏たちの姿や食事の豪華さからおそらく最上級の宴だろう。

「あの……陛下が亡くなられたばかりなのに宴を開いていいのですか？」

酒には手を付けず、温かい青茶を口にした朱亜はそっと尋ねる。

「その反対だ。陛下の崩御でも我が国は揺るがないと示すために宴を開くのだ。これは先々帝が亡くなった直後も行われている慣習だ」

「なるほど」

慣習だから仕方がなく出席しているとはいえ、舞を見ても歌を聞いても怜新の様子に反応はない。

（準備した使用人が憐れに思えてきた）

少しでも気分を慰めてもらおうと、使用人たちはがんばって準備をしたはず。

（怜新様がこれほど平常通りでは、私がここにいる意味は？）

「今日って、寵妃の存在を皆に知らしめるんじゃなかったのですか？　私たち、ただ並んでいるだけでは相思相愛だと思われない気がします。もう少しにこやかに笑ってください」

「私はこういう顔だ。笑うのは得意ではない」

「でしょうね」

雇われて日が浅い朱亜でもそれはわかる。

けれど、やるならしっかり務めなくては。もう二度と自分がこんな場所に引っ張り出されないように今日この場で全員に信じてもらいたい、と朱亜は思った。

「失礼いたします」

腹を括り、怜新の肩にそっともたれかかる。

「突然どうした？」

「笑えないなら態度で示しましょう。こうして仲良くしているところを見せれば納得してもらえるのでは？　必要なことですから少し我慢してください」

丞相や大臣らから二人が寄り添っている風に見えてほしい。朱亜の考えは怜新に伝わったらしく、少しの間を置いて朱亜の身を包み込むようにして片腕が回された。

自分から寄り添ったのに、胸がざわめき始めて戸惑ってしまう。

（今気づいた。私は誰かとこんな風にしたことがない）

想い合う男女がどのようにして過ごすのか知識として知ってはいたが、色恋に縁がないまま二十歳を迎えた朱亜がいきなり怜新と寄り添うのは無茶だった。

（宴に集中、集中すればこのおかしな気持ちも収まるはず）

心を無にして、ひたすら耐える。

黙って宴の演目を眺めていると、温かさから次第に気持ちが緩んでいった。

（眠気が……だめだ、今ここで寝るわけには……）

いつもなら、この時間は寝台でぐっすり眠っている。

夜の間、政務のないうちに怜新の髪と義髻の手入れをしなければいけないので、どうしても昼夜逆転の暮らしになるからだ。

それに慣れてきた頃に突然宴に呼び出されては、体がついていかない。

（怜新様の衣が布団みたいにあったかい）

腕に抱かれたまま意識がどんどん遠ざかっていく。

丸い扇が手から落ち、柄が床に当たってコトンと高い音を立てた。

次に気づいたときには、少しひやりとした手の感覚が頬に触れていた。

「──亜。朱亜」

「はっ！」

呼びかけられて一気に覚醒する。

怜新の美麗な顔が目の前にあり、驚いて叫びそうになるものの、どうにか堪えた。

（しまった！）

時すでに遅し。

慌てて顔を上げれば、初めて見る若い女性がすぐそばに立っていて、怒りの表情でこちらを見ていた。

薄茶色のふわふわとした髪には蓮の花を模した銀細工の簪があり、とても繊細で一流の職人が作った物だとすぐにわかる。

艶やかな紫色の襦裙も上等な品で、後宮で仕えてきた妃たちのような高貴な存在であると窺える。

何より、怜新の正面にまで来られる存在といえば限られていた。

「公主の緑泉だ。挨拶がしたいと」

「い、妹君……!?」

怜新には母の異なる姉妹が七人いることは知っている。公主たちは後宮からほど近い離宮で暮らしていて、朱亜と緑泉に面識はなかった。

緑泉は朱亜を睨んでいて、「ここで寝るなんて」と怒っているのが伝わってくる。

皇后でも四妃でもない朱亜の身分は、公主に到底及ばない。

宴の場で、次期皇帝の肩を借りて寝ていたのは大きな失態だった。

「お兄様がどこぞの娘を召し上げたと耳にして挨拶に参ったのですが、このようなことになっているとは想像もしませんでしたわ！」

信じられない、と非難する目を向けられた。

(罵られても仕方ないことをしたという自覚はある)

どんな言葉も受け入れようと覚悟していると、怜新がさらりと告げた。

「朱亜には何もかも許している」

「お兄様、本気ですか!?」

「ああ、それが妃というものだ」

「？」

何を言っているのだろう。

緑泉も朱亜も理解できないという目で怜新を見つめる。

(まさか、自由にさせることが寵愛だと思っている？)

確かにこの場で厳しく叱責すると当初の目的は果たせない。けれど、これでいいのかと疑問は残る。

さらに怜新は、わざとらしく朱亜の手を取って言った。

「私のせいで寝不足なのだ。大目にみてやってくれ」

「！」

瞬く間に顔が真っ赤に染まるのを感じた。

毎晩朱亜の下へ通っているのは周知の事実だが、こうしてわざと勘違いされるようなことを言われると動揺してしまう。

（確かに私が眠いのはあなた様のせい！　嘘つき、でも嘘じゃない！）

笑顔でいなければいけないのに、顔が引き攣る。「態度で示しましょう」なんて言ったことを後悔していた。

ちらりと緑泉の様子を窺うと、同じく顔を赤くして少し震えている。

何か言いたい、でも言えないといった内心が窺えた。

「愛しい妃よ。そろそろ戻ろうか」

怜新はこれ見よがしに朱亜の髪を撫でてさらに畳みかけてくる。

表情は相変わらず乏しいけれど、どことなく勝ち誇った目をしている気がした。

（それらしいことを言ってやったと思っていますね!?）

緑泉は、持っていた扇を強く握り締めている。朱亜を睨みながら、「どうしてこんな女が」と怒りを噛み締めていた。

（私のせいなの？　あれ、もしかして緑泉様って……？）

彼女が見せた反応から、怜新のことを兄として慕っているのではと感じた。

「また来ます！」

さっと衣の裾を翻し、逃げるように去っていく緑泉。

追いかけた方がよいのではと悩む朱亜だったが、怜新は「放っておけ」とそっけない。

「もう十七になり、まもなく嫁ぐというのに緑泉はまだ子どもだ。用もないのに日頃から私を訪ねて来ていたが、今日も来てくれてちょうどよかった。きっとあちこちで今見たことを話してくれる」

「妹君を利用なさるおつもりで？」

「そうだな。ただし、話すも話さないもあいつの自由だ。強要はしていない」

「それはそうですけれど」

怜新は立ち上がり、朱亜が落とした丸い扇を自然な所作で拾うとそれを手渡してくれた。

「ほら、おまえにはこれが必要だろう？　今度はうまく寝顔を隠すんだな」

「うっ」

すみませんでした……と謝りながら朱亜は扇を受け取る。

それを見た怜新はくっと笑い、官吏たちが目を見開いて驚いていた。

――怜新様が笑っておられる！

そんな声が漏れ聞こえるほど、意外な光景だったらしい。

後日、緑泉と官吏たちから広まった『怜新様はお妃様にご執心』の噂が宮廷を駆け巡った。


朱亜の住む紅麗宮は、北側にクスノキやモクゲンジが茂っている。

夕餉を食べながら何気なくその景色を見ていると、空になった茶器にスッと無骨な手が伸びてきて白茶が注ぎ足された。

「わっ、建起様にこのようなことをしてもらうわけには！」

「いえ、茶くらい入れますよ」

今日は玉永が不在なのだが、だからといって武官の建起に自分の世話をしてもらおうとは思わない。

でも真面目なこの男は、玉永に「朱亜様をよろしく」と頼まれたのを真に受けてあれこれ手伝ってくれていた。

（私は放って置かれても大丈夫なのに）

生粋のお嬢様なら、世話役がいなければ着替えすら困るだろう。でも朱亜は違う。

「前から思っていたんですが、玉永さんも建起様も高貴な身分のはずなのに人の世話をするのに慣れていますよね。どうしてですか？」

「おや、玉永から聞いておりませんか？」

建起は不思議そうな顔をした。

もうここへ来てひと月になるのだから、朱亜が何も知らないのは意外だったのだろう。「やっぱりそう思うのか」と朱亜は苦笑いになる。

「これまで、人の素性は聞かないようにしていたので。後宮って親に売られたり口減らしで村から出されたり、あまり話したくないような理由で働きに出た使用人が多くて、互いに詮索をしないのが普通なのです」

「ああ、なるほど」

髪結師や化粧師などの職人は家業だけれど、訳ありの者は珍しくない。だから玉永にも素性を聞かずにひと月も経ってしまった。

「お二人とも特に何か隠そうとしている様子は感じられなかったので、もしかして尋ねてもよかったのかと今さらですが思いました」

「そういうことですか」

「ああ、でも玉永さんは何だか普通の女官と違うような気はしています」

「そうですね。それは当たっています」

「やっぱり？　身のこなしが軽いな、と！　簪から飾りの真珠が落ちたときに玉永さんが拾ってくれたのですが、あれは異様な素早さでした」

所作は高位女官のそれだがときおり違和感があったのだ。

私（普通の使用人）とは違う、と朱亜が気づくくらいに。

「玉永も武官です。昔から怜新様にお仕えしていました」

二人は怜新が次期皇帝に指名される前からの側近で、ずっと見守ってきたと言う。

「怜新様は第三皇子ですから、元は地方太守になるおつもりだったのです。実際にご自分の目で辺境地域を見ておきたいと、武官を連れて村々を視察に赴いたこともありました。そのとき、身の回りのお世話をしていたのが私と玉永です」

水汲(みずく)みはもちろん、簡易な罠(わな)を仕掛けて獣を狩り、捌(さば)いて調理することもできると言う。

「それで人の世話に慣れていらっしゃったのですね」

皇族の証である赤髪であっても、通常なら第一皇子が帝位を継ぐ。怜新は兄と争うつもりはまったくなく、幼少期からすでに将来を決めていたらしい。

「丞相様は甥である怜新様をずっと次期皇帝に推挙しておられましたが……第一皇子

殿下がおられる以上は帝位争いをしないとおっしゃって」

「こうと決めたら譲らなそうですよね、怜新様って」

「はい」

それが五年前、次期皇帝に指名された。

亡き陛下が「第一皇子は才覚なし、跡継ぎは怜新」と公言したのだ。

当然のことながら拒否権はない。

「次期皇帝としての厳しい教育が始まり、ようやく政務に慣れたと思ったところで母君を亡くされ、さらには髪が銀髪に……。そこへ陛下のご崩御です」

「見事に振り回されていますね⁉」

皇族というこの国の頂点に生まれても、人生は思い通りにいかないのだ。

(髪色を偽ってまで即位したいと言うから、てっきり皇帝になるのが怜新様のご意志なのだと思っていた。でもきっかけは皇帝陛下のご指名だったのか)

怜新の言動を思い出してみると、地位や名誉に固執する性格ではなさそうだった。

(国のために、ご自分が即位するしかない状況なのかも？)

人の生き死には変えられないが、せめて呪いさえなければと朱亜は思う。

「あの……丞相様は未だご存じないのですか？」

せめて味方になってくれれば、と淡い期待を抱く。

けれどそれは叶わないのだと建起の表情を見ればわかった。

「いえ、決して話すなと怜新様に命じられております」

身内であっても信用はできない。たとえ親兄弟でも弱みを見せてはいけないというのが宮廷だと建起は話す。

「それに、怜新様は私たちを守ってくださっているのです」

「どういう意味ですか？」

「次期皇帝が呪われたと露呈すれば、必ず誰かが責任を問われますから。怜新様は臣下に責任が向かわぬように秘密にしてくださったのだと思います」

たとえば刺客が侵入して皇族が傷を負えば、護衛武官が罰せられる。

それは知っていたが、まさか呪いまで同じ扱いとは……と朱亜は驚いた。

「理不尽ではないですか！」

「はい、でもそういう決まりなのです。人は責任の所在を決めたがります。宮廷では『誰のせいでもない』というのは通用しません」

「その決まりを作った人を罰したいです、私は」

「ははっ、まさかそんなことを言われるとは思いませんでした」

両手の拳を握り締めて怒る朱亜だったが、建起にとってはそれが当たり前で苦笑いするだけだった。

「第二皇子の孔春殿下を取り調べることはできないのですか？」

　宴では涼しい顔で座っていた。孔春が犯人ならば、弟を呪っておきながらあんな顔ができるなんてとんでもない性悪だと朱亜は思った。

　建起は、証拠がないと首を横に振る。

「孔春殿下の母君は、魏家の出身です。噂を耳にしたことは？」

「多少は……とんでもないお金持ちですよね？」

　魏家といえば、木材の伐採や銀の採掘で成り上がった家だ。後宮で使う銀細工や調度品も魏家から材料を調達しているから知っていた。

「身分は低いのですが金はあります。裏では高利で金貸しをしているとも言われていて、宮廷にも魏家に便宜を図る者は多い。証拠がないのに孔春殿下を取り調べれば、魏家の一派から大きな反発が上がるでしょう」

　建起の言うことはもっともだった。

　いくら次期皇帝でも、即位前に敵を増やすことは得策ではない。

「お金の力は絶大ですからね……」

「はい、残念ながら」

　ただし、帝位継承と財力はそこまで結びつかないはずだ。

　朱亜は孔春の茶色い髪を思い出しながら尋ねる。

「たとえば怜新様が失権したとして、赤髪でない孔春殿下が即位することはできるんですか？」

（鳳凰の化身である証にこだわる宮廷がそれをすんなり認めるだろうか？）

長年の慣例はそうそう変えられないし、赤髪でないという部分だけを見れば二人とも対等である。

建起は朱亜の疑問に対し、可能性がないわけではないと言った。

「今すぐには無理でも、魏家の権力が増せば可能性はあります。他国の公主様と縁組するとか、孔春殿下は即位せずとも赤髪の男児が生まれればその子を皇帝に即位させればよいのです」

「ああっ、傀儡政権もありなんですか」

（宮廷のややこしさったら……！　色んな人の思惑が渦巻いていて、個人の努力ではどうにもならないことが多すぎる）

朱亜はもやもやした気分になる。

さっきまでの勢いを失くした朱亜を見て、建起は申し訳なさそうに眉尻を下げた。

「巻き込んで申し訳ありません」

「あ、いえ。謝らないでください」

「朱亜様には怜新様の髪をどうかお願いします。呪いの調査はこちらで進めていおますので」

　これ以上尋ねるのは、朱亜の領分を超えている。それはわかっているし、追及したところで真面目な建起を困らせるだけだ。

　朱亜は明るく笑って言った。

「髪のことはお任せください。ちょうど兄からいい物が届いたのです」

「ああ、何やらたくさん届いていましたね」

　荷の中身を先に検めていた建起は、納得の表情に変わる。

（早く怜新様に来てほしいな）

　朱亜は夜を待ち遠しく思った。


　薄い雲が月を覆う。

　今宵、怜新が紅麗宮へやってきたのはいつもより少し遅い時間だった。

　銀髪がやや湿っているのは、湯を使ったからだと思われる。

「ようこそいらっしゃいました！　義髻はお預かりしますね」

　満面の笑みで出迎えると、怜新は目を眇めて言った。

「楽しそうだな」

「はい、見ていただきたい物がありますので」

　どうぞこちらへと、怜新を急（せ）かすようにして奥の部屋へと向かった。

「次期皇帝を後ろから追い立てるのはおまえくらいだ」

「それは失礼いたしました」

　普通ならあり得ない無礼でも、怜新なら怒らないとわかっているからこんなことができるのだ。

（怜新様は、私の知る高貴な方々の中でも最も寛容だ）

　今だって呆れた様子で、でも朱亜の言う通り足早に廊下を進んでくれている。

　本来は中庭の見える客間として使うべき部屋へ到着すると、建起が黒檀の扉を開ける。

　室内にはまるで昼間のように明るい光が満ちていて、三人は目を細めた。

「あれは？」

　怜新は、天井に吊（つ）るされたたくさんの八角宮燈（はっかくきゅうとう）について尋ねる。

「吊るし灯籠です。華美な装飾は取り外して、絵付きの絹張りもやめて淡白色の硝子（ガラス）張（ば）りにしてもらいました。麻油（まゆ）が尽きるまでの二刻ほどなら、この明るさを保つことができます」

　部屋の中央にある円卓の上には、兄から届いた義髻の一部があった。紙に縫い付ける前のまっすぐな付け髪で、二十種類の赤に染められている。

「すべて見事な赤だな。でも少しずつ違う」

　怜新は赤い付け髪に視線を落とし、微妙な色味の違いに感心した。

　朱亜は兄からの文を取り出し、それを広げて話し始める。

「皇族の赤がどれなのか、怜新様により近い色を教えてもらいたくて用意しました。使われたすべての材料について、配合まできっちりここに記されています」

　仕上がりは室温や湿度、髪質にも左右されるためこれらとまったく同じに染まるわけではないが、そこは朱亜の腕次第である。とはいえ、見本があるのはありがたい。

　左から右に、次第に濃くなっていく付け髪をじっくり観察する怜新。朱亜は黙って様子を見守り、彼が選ぶのを待った。

(悩んでいる。この中のどれでもないのかな)

　義髻の赤に一番近いのは、右から三番目の付け髪だ。

　怜新の目線もその辺りを彷徨(さまよ)っているが、表情には迷いが見えた。

「己が二十年以上も見てきた色なのに、こうも迷うとは」

「皆そうだと思いますよ。何か問題が起きなければ、ずっと昔から当たり前にある物には意識が向きませんから」

　しばらくして、怜新は右から四番目の付け髪を手に取った。

「ここに、わずかに黒を足せるか？」

「これよりちょっとくすんでいるということですか？」

「ああ、そうだ」

朱亜は怜新の手から付け髪を受け取り、同じく卓上に置いてあった木箱の中から持ち手の付いた拡大鏡を取り出す。

それを使って付け髪を覗き、続いて義髻の赤とも比較してみた。

「黒を足すというか、赤の発色を抑える方がいいでしょうね。赤銅色の中でも落ち着きのある色味ってことですか……義髻は一度脱色してから赤い染料を入れているので、どうしても自然な髪色より鮮やかに染まるんです。人の髪を完全に色落ちさせるのは頭皮が傷むので躊躇うんですけれど」

それを聞いた怜新は、仕上がりが本物に近づくのなら自分の銀髪も半透明になるまで脱色していいと言う。

ただし、躊躇ったのは朱亜の方だった。

「念のためにお伺いしますが、これまで脱色したことは？」

「ない」

「ですよね。えっと、色を抜くにはまず脱色液を髪に塗らなきゃいけないんです」

問題はその後だった。

髪の色を抜くには、日光に髪を晒す必要がある。

「脱色液って牛脂や灰分（かいぶん）、明礬（みょうばん）などを混ぜた物でして、強烈な臭いがします。それを髪に塗った状態で太陽の下でじっと耐えていただかないといけなくて……その最中の格好がとても残念な姿な上に、最低でも三日はかかります」

ちらりと建起の方を見れば、目元が引き攣っていた。

どうやら脱色の様子を見たことがあるらしい。

「私の母が白髪を黒く染めるために、残っていた黒い髪を脱色していたのですが」

「そうでしたか」

「怜新様にあんなことさせられません」

「ですよね」

建起の悲痛な面持ちに、怜新は「そんなに？」と眉をひそめている。

朱亜はうんうんと頷いていた。

「美の追求はお金と痛みを伴いますが、脱色は本当に難易度が高いんです。技術的にも精神的にも……。怜新様の髪は幸いにも白に近い白銀ですから、色を抜かずともご希望の赤にすることはできるはず」

「最初からおまえの選択肢にはなかったのだな？　ならば聞かずともよかったのに」

「そうはいきません。何事もご本人の気持ちが一番大切ですから、きちんと説明させていただきます」

朱亜は付け髪に視線を落とし、もう一度じっくりとそれを見つめる。（これも色が近いというだけで本物ではない。どうにかして本物の赤を確かめられないだろうか？

染料を用意しても、加減は朱亜自身が見極めなくてはならない。

これはこれで必要だが、やはり本物の赤を知っておきたいと強く思った。

顔を上げると、怜新の目は付け髪ではなく朱亜に向けられていた。

「何か？」

「いや、ただ……見ていた」

「はぃ？」

「宴では眠るのに付け髪は必死になって見つめるのかと思うと、おまえが不思議で」

「その件はもう忘れてくれませんか!?」

宴での失態について話題にされ、朱亜は顔を歪める。

もう数日経ったのだから忘れてほしいと心から願った。

「話を元に戻しますが、ご希望の赤に染めるにあたって私がこの目でその色を見たいです」

宴の日に見た緑泉と第二皇子は、二人とも薄茶色の髪をしていて皇族の赤を持たなかった。あの場で赤髪だったのは怜新だけで、それも義髻である。

（こんなことなら、亡き陛下の頭髪をこっそりと見ておくんだった）

後悔しても遅いが、十年も後宮にいたのに一度も見られなかったことが悔やまれる。

かくなる上は一縷の望みに賭けるしかない。

「第一皇子殿下に拝謁することは叶いませんか？」

「兄上に？」

怜新は一瞬戸惑いの表情を浮かべるも、顎に手をあて何かを考え始める。

（第一皇子殿下は赤髪のはず。宮廷行事にも出席しないから、官吏や武官でもお姿を見た者は少ないらしい。でも怜新様ならもしかして……）

宮廷での力関係は朱亜が思っていたより複雑で、公の場に呼び出せば向こうが警戒して出てこない可能性がある。

会えるとすれば密かに行動に移さなければならず――。

これればかりは怜新の協力がなければ叶わない。

懇願するように朱亜が見つめる中、怜新は黙ったまま思いを巡らせていた。


数日後。

早朝から紅麗宮を出た朱亜は、青の襦裙に白い羽織姿で宮廷の外れに潜んでいた。

怜新は尚書省での評議のためここにはいない。

「本当にここで隠れて待つのですか？」

低木の陰で一緒に身を隠している建起が不安げに尋ねる。

「はい、第一皇子殿下は毎朝浴場へ向かうためにここを通るそうですから、待っていれば密かに髪を見ることができます」

建起には少し離れた建物の中から覗こうと提案されたが、なるべく近くで見たいと思った朱亜は茂みに隠れることにしたのだった。

両手で膝を抱えるようにしてしゃがみ、襦裙の裾を両手で押さえて第一皇子が現れるのを待つ。

「今気づいたんですが」

「はい」

「私たちって浴場を覗こうとしている不埒な者みたいですね」

「帰ってもいいですか？」

片膝をつき頭を低くしている建起が遠い目で言った。もしもそんな嫌疑で捕まったら、武官として末代までの恥だと思ったのだろう。

朱亜は左手で彼の袖をがっしりと摑み、逃がさないように捕まえる。

「死なばもろとも、ですよ」

「せめて誇り高い死に方をさせてくださいよ……！」

朱亜はにやりと口角を上げる。有無を言わさぬ圧をかけ、建起をこの場に引き留めた。

二人で待つこと一刻。

そろそろ眠くなってきた朱亜が閉じてくる瞼に抗っていたとき、侍従と武官を連れた赤髪の人が廊下に現れた。

「あの方です」

建起が囁く。

朱亜の眠気は一瞬にして吹き飛び、食い入るようにその人を見つめる。

（あの方が第一皇子の炎翔殿下）

噂通りの赤髪で、でもそれは肩より少し上で短く整えられていた。

成人すると髪を伸ばして結ぶのが貴族の慣例なので、二十六歳の皇子が短髪であるのは意外だった。

（もったいない、綺麗な赤なのに。怜新様と帝位争いをするつもりはないという意思表明で短くなさったのかな？）

次第に距離が近づいてきて、朱亜の緊張感が高まる。そんな中でも赤い髪から視線は逸らせなかった。

（臙脂色より紫が強いな……。赤サビ？　いい表現が思い浮かばないけれど、本物の

色は覚えた）

このまま横切って浴場に入ってくれれば、朱亜たちはここを去れる。

ところが少し離れたところで、武官がまず足を止めたのをきっかけに一行は動かなくなった。

何かあったのだろうかと疑問に思っていると、隣にいた建起が何かに気づきはっと息を呑む。

「それ……」

「え？」

建起の視線を辿った先にあったのは、朱亜の白い羽織の袖だった。

ひらひらとした長い袖が、片方だけ茂みから外に出て地面に落ちてしまっている。

（ああっ！　これのせいか！）

慌てて袖を引っ込めるも、炎翔の武官に見つかり不審に思われた事実はなくならない。

「そこにいるのは誰だ！」

「ひゃっ！」

心臓がばくばくと鳴っている。

小さな悲鳴を上げた朱亜は自分の口を塞いだけれど、さすがにもうこれ以上は無理だとわかった。

建起と二人、観念して立ち上がる。

突然茂みの向こう側から現れた朱亜たちを見て、第一皇子やその供の者は驚いた目をしていた。

今さらだが合掌し、敵意はないことを示す。

「君は、怜新のところの……？」

第一皇子は、建起を見て思い出したかのようにそう言った。

「はい、劉建起でございます」

「久しぶりだね。こんなところでどうしたの？」

少し困惑した様子だったが、炎翔はのんびりとした温和な口調で問いかける。

その目線は建起に続いて朱亜に向けられ、やや首を傾げた彼は不思議そうな目で見ていた。

その間も武官の手はずっと刀の柄にかかっていて、「返答次第では斬られるな」と思うと冷や汗が背中を伝う。

「そちらの女性は？」

「あ……」

（どうする？　名乗る？　今の私たちって『浴場を覗きに来た』か『暗殺に来た』か、

とにかく怪しさしかない)

「私は、その、朱亜と申します」

ここはもう「道に迷ってしまって、でも人が来たから隠れた」という理由で押し通すしかない。朱亜がそう言おうと決めたその瞬間、背後から長い腕が伸びてきて強引に抱き締められた。

「ここにいたか」

「えっ!?」

はあ……と大きく息をついたのは怜新だった。

朱亜を後ろから抱き締めたまま、彼は兄皇子に視線を向ける。

「これは兄上、我が妃がお邪魔をいたしました」

「ああ、怜新殿の妃だったか。噂には聞いているよ」

「ご存じでしたか。ちょうど今、庭で『鶏を追っていた』のです」

炎翔らはその言葉に目を瞬かせる。

怜新だけが涼しい顔で、さも当然のような態度だった。

(鶏って……、追いかけっこしていたってこと!?)

親鳥に守られる雛を鷹が追いかけるという、子どもの遊びがある。怜新はそれをしていただけだと言い張るつもりなのだ。

（建起様が親鳥で、私が雛？　そして怜新様は鷹）

嘘だとわかっても、誰も次期皇帝にそれを指摘することはできない。

それにしてももっと別の言い訳はなかったのかと頭を抱えたくなる。

（助けに来てくれたことは嬉しいんですけど！　でもこの言い訳が通ってしまうと、怜新様は『陛下が亡くなってまだひと月なのに妃と追いかけっこしているおバカな皇子』になってしまうのでは!?）

このままでは怜新の評判が悪くなる可能性がある。

朱亜は愕然とした。

「ああ、そうか。それは仕方がないね……？」

炎翔も戸惑っていた。

武官と侍従もどう反応していいかわからず口をつぐんでいる。

「偶然にも兄上に会うことができて、こうして朱亜を紹介できるとは幸運でした」

朱亜が呆れるほど、怜新は堂々としていた。

しばらく見るからに困り顔をしていた炎翔だったが、ふと何かに気づいたように笑みに変わる。

「私も嬉しい。怜新殿の気遣いに感謝するよ」

本当に喜んでいるように見え、朱亜はなぜ彼がこのような顔をするのか理解できない。

（どういうこと？）

「では、また」

炎翔は上機嫌で、武官らを連れて去っていく。そして、予定通り浴場へと入って行った。

呆気に取られていると、怜新の手が朱亜の頭を両側からしっかりと摑む。

「こら」

「はいっ！」

朱亜がいつも怜新に行っている、頭皮の手入れを真似たのだろう。

ただし、指先から伝わる力が強くて少し痛い。

「痛いです」

「おまえが毎晩私にしているだろう？」

「こんなに力を込めていません！」

抵抗すると怜新はすんなり手を離してくれた。

朱亜が涙目で見上げれば、ちょっと怒っているのだとわかる。

「なぜ私を待たなかった？」

「尚書省での評議だったので……遅くなると思っていました。すみません」

機を逃したくなくて、怜新を待たずに出てきてしまった。

まさか一緒に来てくれるつもりだったとは。しゅんと肩を落とす朱亜を、怜新は不機嫌そうな顔で睨む。

「申し訳ありません。朱亜様を止められず」

建起がそう言って頭を下げると、怜新は彼のことも軽く睨んでからため息をついた。

「建起には、護衛につけた際『なるべく朱亜の意向に沿うように』と命じていたから仕方がない。このような事態になるとは私の読みが甘かった」

つまり全部私が勝手に動いたせい、と朱亜は反省する。

「本当にすみません」

三人は場所を紅麗宮へ移し、いつもの部屋に戻ってきた。

朱亜と怜新は席に着き、建起は扉の外で立って見張りをしている。

「あの、第一皇子殿下のお言葉って……？」

炎翔は「気遣いに感謝する」と言った。

怜新が妃と追いかけっこをしていて偶然会ったということが、なぜ怜新からの気遣いになるのか？

朱亜が疑問を口にすると、怜新は「宮廷流のやりとりだ」と説明する。

「いくら兄でも、次期皇帝である私とは気軽に会えない。兄にその気はなくとも対立を煽る者はいるし、向こうから会ってくださいとは頼めない。こちらからもわざわざ会いに行くことはへりくだることになるからできないのだ」

あくまで偶然会ったということにしなくてはいけない。

怜新はそこを強調した。

「とはいえ、今は私の方が圧倒的に権力を持っている。私が多少譲歩しなければ、兄上の立つ瀬がない」

「ややこしい……」

へりくだれないが、大事にはしないといけない。

無茶を言う、と朱亜は顔を顰めた。

「偶然とはいえ、私が妃を紹介したとなれば『次期皇帝が兄に敬意を払っている』と思われるだろう。妃を紹介するのは親愛の情があると解釈されるからな」

「そうなんですか」

本当は赤髪見たさでお邪魔しただけなのだが、都合のいい理由がつけられるらしい。

「それで『気遣いに感謝する』と？」

「ああ。ついでに言えば、緑泉にも兄上にもおまえを紹介したのに第二皇子には会わせていないのだから、あちらは苛立って何か動きがあるかもな？」

「うわ、悪い顔になっていますよ、怜新様」

向こうがどう出るか？　面子（メンツ）を傷付けられた第二皇子はさぞ不満を抱くことだろう。

（巻き込まれたくないな……）

　朱亜は引き攣った笑いを浮かべる。

　窓の外から聞こえてくる鳥たちの囀り（さえずり）は平穏そのもので、今置かれている状況とは大きな差があった。

「で？　どうだった、兄上の髪色は？」

「あ！　はい、しっかりと覚えてきました。独特な赤ですね。生臙脂と樹木の茶色、それに鮮やかさを抑えるための少量の暗色が必要かと」

　朱亜は一転して真剣な表情で、今ある染料のほかに取り寄せてほしい物を口にする。

「柘榴の皮で暗色を出せるか試したいです。それから、椿油（つばきあぶら）も」

「わかった、用意しよう」

　後宮で物を仕入れるより、怜新が官吏や玉永に指示して仕入れる方が早く朱亜の下に届く。それは本当にありがたいことだった。

　着替えもせず、さっそく戸棚の中を漁（あさ）って紙と筆を取り出す朱亜。

　材料を煮詰める時間や配合について頭を悩ませていると、じっとその様子を見ていた怜新がぽつりと口を開いた。

「よくこんなことに付き合えるな」

「そうさせたのは怜新様じゃないですか？」

めだ。

怜新は「こんなこと」と言ったが、やるからには本気で挑むのが髪結師としての務

何を今さらと、朱亜は呆れながら振り返る。

「おまえは、無様だと思わないのか？」

「え？　何をです？」

怜新は卓に肘をつき、珍しく疲れた雰囲気を放っていた。

その表情はどことなく憂いを感じる。

何か嫌なことでもあったのだろうか？

朱亜はじっと探るように怜新を見つめる。

「――私は、この国を守るには己が皇帝になるしかないと思っている。兄上にも、ま

してや孔春には政は任せられない」

「理由は……呪いをかけるような人だからですか？」

「いや、それ以前の問題だ」

怜新はきっぱりと言い切る。そして説明を求める朱亜の視線を見返して続けた。

「孔春の一派は、港の整備や鉱山の採掘を進めて国を富ませようと主張している。孔

春の母親のいる魏家が開発資金を貸し付けるから、と」

「それはいけないことですか？　開発資金を低い金利で借りられるなら、手を挙げる

大臣や太守がいそうですけれど」

「だが、借りた後で金利を引き上げないとは限らない。我が国の法では、金を貸して十年後には金利の上限が撤廃されるからな」

「えっ！　そうなんですか」

知らなかったと朱亜は目を見開く。

港づくりや鉱山の採掘には時間がかかる。利益が出るまで、となればさらに時間を要するだろう。

「金を返せなければ、開発した港や鉱山を根こそぎ奪われる可能性が高い」

「えっ、もしかしてそれが目的ですか？　あくどい……！」

「そもそも、債権が別の者の手に渡ればどうなると思う？　債権を売ってはならぬという決まりはない」

怜新は魏家を信用していない。

第二皇子のことも信用していない。

そのため、常に最悪の状況を想定して動く必要があるのだと感じた。

「国の基盤を支える重要な施設の開発は、国家の予算で行うべきだ。債権を異国にでも取られてみろ、我が国の中に異国の地が出来上がり、そこで自由にやられては国が滅びかねない」

「うわぁ」

「官吏の一部には『辺境にでもまず試しに作ってみればよい』などと申す者がいる。だが、王都にも辺境にも同じように懸命に生きる民がいる。彼らを捨て石にすれば国は滅びに向かうだけだ」

王都で生まれ育った者が辺境を見下すことはよくある。それでも、どうとでもなれと考えるのは横暴だなと朱亜の表情は曇った。

「やつらは辺境の民など王都を豊かにするための奴隷だと思っている」

「そんな……」

「だが私がどれほど言葉を尽くそうが、彼らは理解しようとしない。それはそうだ、あの者たちが求めるのは都合のいいお飾り……赤髪の皇帝なのだから」

今朝の評議で思うように事が運ばなかったのだな、と朱亜は推察する。

怜新は視線を斜めに落とし、置いてあった簪をつまんで投げやりに笑う。

「まぁ、今はその赤髪すら持ってはいないが」

「相当に不貞腐れていますね!? 元気を出してください、だいたい怜新様の銀髪は呪いのせいですから……」

理不尽に奪われた被害者なのだ。

望んでこうなったわけではないのにと、朱亜は眉根を寄せる。

「理由はどうあれ私は周りを欺いている。銀髪のことが知れれば、地位にしがみついている無様な男だと思われるだろう」

突然聞かされた怜新の本音に、朱亜は困惑した。

弱っている彼を見ると、胸がぎゅっと締め付けられる思いだった。

(この方は強い人だと勝手に思い込んでいた)

どれほど宮廷が醜いところでも、生まれながらにして皇族である怜新なら耐えられるのだと思っていた。

自分とは別世界に生きる人だからと勝手に一線を引いて——。

同じ人間である以上、傷つくことも悲しむこともあるはずなのに、それを考えようとしなかった。

「どうかご自分を責めないでください」

「…………」

沈黙が心に重くのしかかる。

今それを振り払ってしまわなければ暗闇に呑まれてしまう気がして、朱亜は怜新に向き直ると語気を強めて言った。

「しがみついて何が悪いのです？　誰にだって譲れないものはあります」

着飾る女たちを「あれは偽りの姿だ」と嘲る官吏たちなら、怜新が赤い髪を取り戻そうとしているのを「無様だ」と言うかもしれない。無駄なあがきだと思うかもしれない。でも、皇帝になるには赤髪が必要なのだ。

（ならば、それを取り戻すしかない）

朱亜は牢の中で味わった苦しさを思い出す。

「私は牢に入れられたとき、『髪結師をやめたくない』と心から思いました。何に代えてもしがみつきたかったんです」

命があればそれでいいという人もいるだろうが、朱亜にとってはこの仕事は命に等しい大切なもので。しがみついて何が悪いのかと静かに怒りを抱いた。

「私は、怜新様のことを無様だとは思いません。誰かが文句を言おうものなら『ならばおまえに代わりができるのか』と言ってやります」

最初は、半ば脅されて取引に応じただけだった。朱亜に選択肢などなかった。

それでも今は怜新が自分を必要としてくれているのがわかるから、髪結師としてそれに応えたいと思っている。

「私は庶民ですから、正直なところ髪色がどうであれ立派な志のある方が国を導いてくださるのが一番の望みです。そもそも、髪は何色でも磨けば輝きますから。怜新様は、今の地位にしがみついてでもこの国を良くしようと思ってくださるのでしょう？　ならば民の一人として私も力を尽くします」

これが最善なのかはわからない。

けれど、抗うことは無駄ではないと証明してほしい。

髪結師と皇帝では立場がまるで異なるものの、諦めることはときに死より難しいのだ。それだけはわかる。

「潔く散っていては、命がいくらあっても足りません。図太くいきましょう、ね？」

それほどに大事なものに巡り会えたのなら、最期まで手を伸ばし続けたい。

この方の苦しみを代わってはあげられないことがつらかったが、あなたは何も間違っていないと精一杯の励ましを送る。

にっこりと笑って見せてみれば、怜新もまた一拍置いてから少しだけ笑った。

「おまえは嘘がない。十分に潔い」

「そうですか？」

「あぁ」

「褒めても待遇はよくなりませんよ？　すでに最上級の仕事を心がけていますので」

「それはありがたい」

目を細める怜新は、さきほどより幾らかすっきりとした様子に見える。

（よかった）

この方に暗い顔は似合わない。宴の際に笑うのは苦手だと言っていたけれど、笑っている方がずっといいと密かに思う。

さあ、仕事の続きを……と思った朱亜は、兄宛の文を書こうとしたところでしゃらりと揺れる長い袖に目を留めた。

「あ、着替えなきゃ」

このままでは袖が邪魔で、墨がついてしまうかもしれない。

美しい衣装を汚すのは申し訳なく、先にいつもの仕事着に着替えようと思った。

「そんなにこれが気に入らないか？」

頭上から声がしたと思ったら、怜新がすぐそばに立っていて少し残念そうな顔をしている。

「いいえ、豪華すぎて気が引けるのです。それに私には似合いませんから」

これのせいでせっかく隠れていたのに見つかった。自分が迂闊だっただけなのに、ひらひらとした袖に恨みがましい目を向けてしまう。

(何より、生地が薄くて落ち着かない)

視線を落としていると、怜新がふいに朱亜の髪にある薄青色の蛍石が付いた簪に指をかける。

気づかないうちに曲がっていたのかと思った矢先、怜新が柔らかく微笑んだ。

「似合うと思うぞ？　おまえには青がよく似合う」

「えっ……!?」

初めて褒められ、不覚にもどきりと胸が高鳴る。

驚いて目を瞠る朱亜は、何と答えていいかわからず小さな声で「ありがとうございます」と呟くので精一杯だった。

【四】 女心は複雑につき

「怜新様、起きてください」

「…………」

「寝るならきちんと寝台で。この長椅子は寝る用ではありません」

「ここがいい」

「わがまま言わないでくださいよ」

あれから数日、怜新が毎晩朱亜の下へ通って髪と義髻の手入れを行っているのは変わりないが、以前なら起きて待っていたのにあの日を境にひと眠りしていくようになっていた。

(寝た方がいいと言ったのは私だけれど、どうして作業部屋の隣で寝るのか？　私がきちんと仕事をしているか気になるのかな……)

すぐ向かい側の部屋には大きな寝台があり、玉永がきちんと整えてくれている。そちらで眠った方が疲れがしっかり取れるだろうにと、朱亜は残念に感じた。

怜新はまだ眠そうな目で、朱亜の手をそっと摑む。

「もう終わったのか？」

「はい、いつも通りです」

「そうか」

なぜ手を握られているのか？

まるで朱亜がここを離れないよう捕まえているみたいだ。

「あの……そんなに綺麗な手じゃないので、あまり触れない方が」

爪は普通の人より短く、ささくれもある。後宮にいた頃は髪紐や糸を指先で引っ張ることが多かったので、人差し指と中指の皮は硬くなってもいる。

「問題ない」

「ありますよ」

怜新が何を考えているかわからず、朱亜は困惑する。

（私に慣れた？　警戒心が薄くなったのかな？）

寝起きでぼんやりしている怜新が、少しだけかわいらしく見えた。

不敬だと思いつつも朱亜はふふっと笑う。

「さあ、お支度をいたしましょう。髪を梳かしますね」

「頼む」

大きな手がするりと離れたら、朱亜は帯に挿していた櫛を取る。長椅子に座った怜新の背後に回り込み、銀の髪を丁寧に梳る。

香炉から流れてくる甘い香りに包まれて、穏やかな時間が過ぎていった。

銀髪の上から義髻を被せて一部を編み込み、飾りをつけた上から翼善冠でしっかりと押さえる。

「今日も素敵に仕上がりました！」

次期皇帝の姿に整えるのにも慣れ、随分と手早く支度できるようになったと朱亜は満足げな笑みを浮かべた。

椅子から立ち上がって怜新は、朱亜を振り返っておもむろに尋ねる。

「ここでの暮らしはどうだ？　足りない物はないか？」

「え？　そうですね、必要な物は建起様や玉永さんにその都度お願いしていますので十分です」

ところが怜新は少し不満げに眉根を寄せた。

「欲しい物があれば手に入れてやる。何かないのか？」

「いきなりどうしたんですか？　予算が余っているなら考えますけれど」

十分だと伝えたのにさらに何かないかと聞いてくるなんて……と朱亜は苦笑する。

怜新はいたって真剣な様子で、答えるまで朱亜に視線を注いでいた。

「え〜っと、では簪を作っていいですか？」

「ああ」

「よかった！　金の簪はたくさんあるのですけれど、銀細工の方が赤い髪には映えると思っていたんです！」

「……私の簪か？」

それ以外に何があると言うのだろう。

朱亜はきょとんとした顔になる。

「義髻とはいえ触っていたら色々な髪型に結いたくなってしまって。揺れる飾り付きの簪ならそちらに視線が集まりやすくなりますし、礼冠を留める簪も普段使いと政務の際で分けられたらいいなと思いました」

官吏たちは、見た目に気を遣う。

次期皇帝である怜新が意匠を凝らした装束や髪型にすることは、威厳を保つことにも繋がるのだ。

嬉々として語る朱亜だったが、怜新は目を眇め「違う」と呟く。

「朱亜はもっと私を必要としろ」

「必要としていますよ？」

髪結師は雇い主がいなければ仕事にならない。

後宮が存在しない今、朱亜にとって怜新は最も必要な人だと言っても過言ではない。

（一体何が気に入らないの？　あ、もしかして物を下賜したいってこと？　そういえば、お妃様方の中には女官や宮女に私物を上げることを喜びにしている人もいたなあ。

怜新様もそういう性格なのだろうか？）

なるほどね、と朱亜は一人わかった風に何度も頷く。

それを見た怜新は「本当にわかったのか？」と疑いの眼差し（まなざし）を向けてくる。

「せっかくのお心遣いを無下にするのは胸が痛みますので、ありがたく頂戴することにいたします。書閣に入る許可証が欲しいです」

「は？　許可証？」

「ええ。調べたいことがありますので」

宮廷の書閣には、庶民が決して手に取ることのできない書物がたくさんあるという。官吏でなければ入室する権利はもらえず、貴重な書物を閲覧したくて官吏登用試験に挑戦する者がいるという噂も聞いたことがあった。

どうだろうか、と上目遣いに怜新を見上げる。

彼はまだ少し不満げだったが、諦めたように息を吐いてから言った。

「許そう」

「ありがとうございます！」

朱亜は大喜びで礼を述べる。

紅麗宮の中だけで過ごすのもそろそろつらくなってきたところだった。

外に出るときは妃の姿らしく装わないといけないが、書閣に行けるのなら窮屈な格好も我慢できる。

「ただし誰かに声をかけられてもついていくなよ。おまえは私の妃だということを忘れるな」

「わかりました。肝に銘じます」

背筋を伸ばし、きっぱりと言い切った朱亜。

怜新は「本当にわかっているのか」と不安を覗かせたものの、迎えにきた侍従や護衛武官と共に宮廷へと向かうのだった。


書閣は宮廷の東隣にあり、一階から五階まで書架がぎっしり並んでいる。

主に官吏らが利用する一階には法や歴史についての書物が保管されていて、それより上にはあまり人の姿は見られない。

「あった」

建起に付き添われながら書閣を訪れた朱亜は、教養や仏道といった寄贈書のある三階にいた。

お目当ての書物はかなり古い物で、麻と樹皮から作られた茶色い紙が白っぽく色褪(いろあ)せていた。

「仏道の書ですか？」

建起が尋ねてくる。

敬虔な信者なら朝夕の祈りを欠かさないが、朱亜はまったくそんなことを行っていなかったので意外に思ったようだ。

朱亜は苦笑いで答える。

「一応知っておきたいなと思って」

怜新は呪いのせいで銀髪になった。

この世に髪色を変える呪いがあるなんて、髪結師として知っておきたい。

普通の人間がいくら仏道を学んだところで、まじないを使えるとは限らない。そんなに簡単なものならもっと巷（ちまた）で流行っているはずだということは想像ができた。

でも、せっかく宮廷の書閣に入れるなら……と書物に手を伸ばしてみたのだった。

「前から疑問だったんですけれど、どうして鳳凰の証が赤髪なのでしょうか？　誰も見たことがない伝説の鳥なのに色がはっきり決まっているのは不思議だなって」

朱亜は書物をめくりながら何気なく口にする。

「大きな声では言えませんが、初代皇帝陛下がご自身の珍しい赤髪を人心掌握のために利用したのではないでしょうか？　異国の鳳凰は、黒や青といった複数の言い伝えもあるそうですから」

人々を率いるには、何か神秘的な象徴があった方がいい。それは納得できる。

でも不可解なことはほかにもあった。

「……赤って遺伝しにくいんですよ。黒髪と赤髪の両親からだと、ほぼ黒髪の子が生まれます。歴代の皇帝陛下には複数のお子がいらっしゃいましたが、よく何代も赤髪を継承してこられたものだと」

(これまで赤髪とされてきた皇族の男児は、果たして本当に赤髪だったのか？)

染毛や義髻、まじないによって髪色を偽ってきた人がいたかもしれない、朱亜はそう思い始めていた。もちろん、そんな不敬なことは到底口に出せないが。

ただし、糸口はそう簡単に摑めないらしい。

仏道の書には神の素晴らしさや鳳凰がもたらした奇跡などが書き綴ってあるだけで、朱亜が求めている内容はまったく見つからなかった。

「建起様、ほかにも仏道やまじないの書物ってありますか？」

「そうですね。思い当たるだけでもざっと四百ほど」

「四百!?」

思わず声が裏返る。

到底そんな数をすべて読んでいる時間はない。

しかしもっと恐ろしいのは、建起がその数を把握していることだった。

「全部ご覧になったのですか？」

「まぁ、そうですね。やはり手がかりになるようなことは書かれていませんでしたが」

怜新が呪われてから、何度も書閣に足を運んで書物を借りてはそれらを読み漁っていたという。

（よくよく考えてみれば、私が思いつくことを建起様が思いつかないわけがなかった）

無駄足でしたね……と肩を落とす朱亜。

しかし建起は小さく首を横に振る。

「私では見逃してしまうことでも、朱亜様なら何かお気づきになるかもしれない。無駄だとは思いませんよ。何よりあなたは怜新様が見込んだ方ですので、自信を持ってください」

建起に励まされた朱亜は、自然と笑みが浮かぶ。

献身的に主君を支える彼のことは、身分の差はあるものの職人として同志のように感じることがあった。

（よし、まずは何冊か読んでみよう）

朱亜がそう思って別の書物に手をかけたところ、背後から落ち着いた男性の声がした。

「おや、何かお探しでしょうか？」

振り返れば、そこには青漆色の袍を着た第二皇子が立っている。

高価な藍草でしか染められないという上等な生地で作られた衣に、腰帯に縫い付けられた赤い宝玉は彼の財力を見せつけているようだ。

（どうしてここに⁉）

ぎょっと目を見開く朱亜を見ても、彼は柔和な笑みを浮かべて返事を待っていた。

怜新からは「誰かに声をかけられてもついていくな」と言われたけれど、これほどまっすぐに対峙して無視することはできなかった。

冷静に頭を下げて合掌する建起の傍らで、朱亜は必死で笑みを作って答える。

「ええっと、神の教えをもっと知りたくて……おほほほほほ」

「そうですか！　一つ上の階にもそういった書物がございますよ。ご案内いたしましょう」

「え？　いえ、あの」

怜新を呪った相手についていけるわけがない。

朱亜は慌てて顔の前で両手を振る。

「いえいえいえ！　今日はここにある書物で事足ります！　それに高貴なお方に案内していただくなど……お気遣いだけで結構です！」

建起様もいますし、と言って隣を見れば彼もまた深く頷いてくれた。

何もしゃべらなくても、絶対についていかないでくださいという彼の気持ちが伝わってくる。

幸いにも孔春はあっさりと引いてくれた。

「そうですか。残念ですが、あなたを困らせたくはない」

何も知らなければこの微笑みに騙されたかもしれない。そう思うほど彼は優しげな雰囲気だった。

早くここを去りたい。でも孔春の目的は何なのか？

（怜新様が第一皇子に寵妃を会わせたと聞いた……から私の前に現れたんだよね？まさか直接やってくるとは思わなかった）

宮を出るところを第二皇子の部下に見張られていたのだろうか？めったに外へ出ない朱亜とここで出会うなど、偶然ではないとわかる。

（ここは何も知らない無邪気な女の子のふりをするしかない！）

朱亜は一刻も早く逃げるために、満面の笑みで孔春に話しかける。

「第二皇子殿下も書閣でお勉強ですか？　ご立派ですね！」

「は？」

「私は怜新様の妃にふさわしくなるために、毎日神様にお祈りしておりますの。神様は何でも願いを叶えてくれますから。ああっ、お祈りの時間が迫っているので今日はこれで失礼いたしますね！」

後宮で見てきた妃たちに倣って、かわいらしく小首を傾けて一歩足を引く。

あとはさっと背を向けてすり足で走り去るだけだった。

が、さすがにすぐには逃がしてくれない。

「神に何を祈っているのですか？」

「え？」

「神に縋るほど切実な願い、心中お察しいたします。どうか私にお手伝いさせてください」

まさか手伝うと言ってくるとは思わなかった！　優しく見せかけて実は相当にしつこいのでは……と朱亜は内心鬱陶しく感じる。

しかし一歩距離を詰めた孔春は、あくまで善意だという態度を崩さない。

「お可哀そうに、身分差のある寵愛はさぞ不安でしょう。私にはわかります」

一体何が言いたいのか？　彼が言う身分差とは、貴族の隠し子でありながら次期皇帝の怜新と恋に落ちたという設定の話だろう。

（別に何も悩んでいないけれど）

朱亜はつい足を止めてしまう。

それに気づいた孔春は、ますます前のめりで語り始めた。

「今は怜新様のお心はあなたにあるのでしょう。紅麗宮に閉じ込めるくらいですから」

「はぁ……」

「けれどこの先、即位なさった後はどうなるか？　おそらくたくさんの妃が後宮に集められ、四妃や皇后が定まったときにあなたは……？　きっと忘れられてしまうのではと不安なのですよね？」

朱亜ははっと気づき、ひときわ目を大きく開く。

（そうだ。私はなぜ気づかなかったんだろう）

建起がいつ二人の間に入ろうかとこちらを窺っているが、朱亜はそれどころではなかった。

（怜新様が即位なされば後宮ができる！　そうなれば、髪結師としてまたたくさんの妃の髪が結える！）

投獄されてからの目まぐるしい日々を生きるのに必死で、先のことなんて考える余裕がなかった。でも、将来的に後宮ができる可能性は一筋の希望のように思えた。

朱亜は己の視野が狭かったと反省する。

「ありがとうございます。大切なことに気づかせてくれて……！」

怜新を呪ったことは許せないが、一応お礼は言っておく。

なぜ礼を言われたのかわからない孔春は、予想外の朱亜の反応に少しだけ笑顔が崩れた。

「後宮ができてもいいのですか？　飽きられるかもしれないのですよ？」

話が通じていないと思われたらしく、直接的な物言いに変わる。

朱亜は笑顔で「はい」と答えた。

「強がらなくても……誰だって一番に愛されたいと思って当然です」

「別に強がっているわけでは」

「ははっ、私ならあなたを解放するよう怜新様に進言して差し上げられるのに。仏道の書物を探していたのは、怜新様の寵愛を永遠にするまじないを探していたのではありませんか？」

もしやそんな呪術があるのだろうか？

実際に方法があったとしても、人の心を操ろうだなんてどうかしている。

（この方は、自分が呪いに手を染めているから他人も同じことをするのではと考えている？）

朱亜はいつしか憐れみの目で孔春を見つめていた。

（怜新様を呪ったばかりか、今はその寵妃の不安を煽ろうとしている）

小さくため息をついた朱亜はもう何も話すことはないと背を向ける。

「私はもう帰ります」

それだけ告げると、書閣の扉に向かって歩き出した。

建起がすぐに朱亜を追い越し、無言で扉を開ける。

「あなたは何もわかっていない」

孔春は呆れた声音で続けた。

「花の盛りは短いのですから——それをお忘れなきよう」

女性の美しさは、よく花にたとえられる。

そしてそれはとても短いものだと多くの者が信じている。けれど朱亜は、その意見には賛同したくないと思っていた。

(己の最盛期を他人に決めつけられるのは腹立たしい)

朱亜はちらりと孔春を振り返る。

「…………」

優しい笑顔の下でこちらを侮っているのが透けて見える。怜新が「政は任せられない」と言った意味がよくわかる気がした。

もしもこの方が即位すれば、民のために国をよくするのではなく自分のために民を使う……きっとそんな皇帝になるのだろう。

朱亜は、怜新がするように冷ややかな笑みを浮かべた。

「ご忠告、感謝いたします」

「っ！」

不安を煽ろうとする孔春に対し「おまえの言葉など微塵も刺さらない」と言外に告げる。

（私は、歳を重ねても衰えたなんて言わせない。髪結師として腕を磨き続けてみせる）

何が花の盛りは短い、だ。

腹の奥底に静かな怒りが込み上げる。

書閣の廊下に出ると薄桃色のシャクヤクが咲き誇る庭が見え、ほんのり甘い香りがこちらまで広がっていた。

「引き合いに出され、花もいい迷惑ですね」

「ええ、本当に」

「怜新様はいつもあんな人たちを相手にしているんですか？　信じられないくらい頭皮が凝り固まって疲れているのは、絶対にあの男のせいですよ」

朱亜は優雅な襦裙姿にも拘わらず、感情のままに思いきり顔を顰める。

心が落ち着く香を取り寄せて、一層丁寧に怜新の髪を労わらなくては。朱亜はそう思いながら紅麗宮へと戻っていった。

春麗らかな午後とはならず、空はあいにくの曇天。

第二皇子と遭遇してから三日が経った。

「しばらくは紅麗宮から出ない方がいい。おまえを危険に晒すわけにはいかない」

怜新は建起から報告を受け、すぐにそう判断した。知りたいことがあるなら書閣に行かずとも建起に聞けばいい、とも言っていた。

今朝も随分とぎりぎりの時刻まで朱亜のそばに留まっていて、心配そうな目を向けていた。

(あんな顔されたら特別に心配されていると勘違いしてしまう)

もう出かける時間なのにこちらを振り返っては何か言いたげな怜新。思い出せばくすりと笑いが漏れる。

(いけない。気を引き締めなければ)

いずれあの方にはたくさんのお妃様ができるのだ。一介の髪結師がうっかり恋でもしてしまえば、何もかも失う悲惨な末路しか見えない。

尊敬する次期皇帝。臣下としてお役に立ちたい。それだけを考えようと思った。

「もう穀雨の時期か……」

昼間だというのに、見上げた空はどんどん暗くなっていっている。

これからしばらくの間、長雨が続くことだろう。

大地を潤し、穀物を育てる恵みの雨。必要なことだとわかってはいるものの、湿気が多くなれば髪は纏まりにくくなる。

穀雨は髪結師の天敵だ。

髪が湿気を吸いにくいように香油を塗るか、広がらないよう結い上げるか。方法はあるがどれも解決には至らない。

（美は一日にしてならず、そして一日すら保たず）

この国では、まっすぐで艶のある髪ほど美しいとされている。

穀雨の時期は髪のうねりを気にして「一歩も外に出たくない」という妃たちもいたことを思い出した。

『美髪養生伝』には『雨の日は、頭が収まるように木をくり抜いた枕を使うと夜に髪が乱れずによい』と書いてあったが寝心地は完全に無視である。

「朱亜様、少しよろしいでしょうか？」

ぼんやりとしていたら、建起が扉越しに声をかけてくる。

確か外を見回ってくると言って出ていったはずで、紅麗宮を一周して戻ってくるには少しばかり早い気がした。

「はい、今開けます」

椅子から立ち上がった朱亜は、ぽつりぽつりと窓を打つ雨粒を横目に扉の方へと向かう。

扉を開けて真っ先に見えたのは、困った様子で眉尻を下げた建起の顔だった。

何か不都合なことでもあったのかと、朱亜の表情も曇る。

「建起様？　もしや染料の発酵に何かありましたか!?」

染料の一部は植物の生葉である。葉を水に浸して葉を攪拌した染液や、貝殻を焼いてすり潰した粉末などを混ぜ合わせて発酵させる必要がある。

複数の樽に分けて加減を見ながら作っていくのだが、天候による部分が大きいのでときおり腐ってしまったり思うような色が出なかったりするので気がかりだった。

けれど、建起はすぐにそれを否定する。

「いえ、染料とは無関係です。お客様がいらっしゃいまして」

「そうだったんですね！」

よかったと胸を撫で下ろしたと同時に、朱亜は「お客様？」と不思議がった。

ここにそのような者が来るなんて想像してもいない。

「緑泉公主が朱亜様とお茶をしたいとおっしゃっています。私の判断でお断りしようかと思ったのですが、いかがなさいますか？」

「緑泉様が？」

突然の来訪は非礼にあたるが、この場合は相手が公主なのでむしろわざわざ足を運んでくださったのでありがたく感謝しなければならない。

（一体何の用があってここへ？　宴のときの反応からして、妹君は怜新様を慕っていらっしゃる。もしかして、私がどんな女か見にきたんだろうか？）

ここで朱亜が緑泉を追い返したところで、怜新は怒らないだろうとは予想できる。でも窓の外で降り注ぐ雨粒を見れば「帰ってくれ」とは言い難かった。

それに、呼び出されるよりはまだ紅麗宮の方がいい。

「お会いします。せっかくいらっしゃったのですから、お茶くらいはお出ししないと」

「よろしいのですか？」

「ええ、これも妃の仕事の一環ではないかと」

朱亜は建起を伴い、緑泉の待つ中庭の見える客間へと向かった。

廊下は少しひやりとしていて、客間の前には緑泉の連れてきた侍女たちの姿が見える。彼女たちは朱亜の姿を見ると一斉に頭を下げた。

一瞬だけ見えた目には好奇の色が浮かんでいたものの、そこに敵意や悪感情はなさそうだった。

（私はめったに人前に出ない分、気になるのだろうな）

そんなことを思いながら、牡丹の刺繍が入った豪奢な赤い衣姿の朱亜は黙って部屋へと入っていく。

「緑泉様、お待たせいたしました」

朱亜は玉永に習った通りに、少し膝を曲げてゆっくりと合掌して見せる。

緑泉は四角い紫壇の卓の座っていて、茶にも菓子にも手を付けずに待っていた。

やってきた朱亜を見ると、緑泉は朱亜の衣服や金の髪飾りをじっくりと見てから
「ごきげんよう」と述べた。

やや不満げで、「お兄様に大切にされているのね」という心の声が聞こえてくるかのようだった。

（怜新様のことが大好きなんだな……）

やはり兄の妃をじっくり見に来ただけらしい。

朱亜はにこりと微笑み、緑泉に近づいていく。

「こちらに座ってもよろしいでしょうか？」

「いいわ」

「ありがとうございます」

朱亜が席に着くと、玉永が温かい白茶を用意してくれた。

ほぼ初対面の二人が向かい合って座るのは気まずいが、二人しかいないのだから仕方がないと諦める。

「本日はお越しいただきありがとうございます。またお会いできて光栄です」

「いきなり来たのに『ありがとうございます』だなんて、あなたおかしいわよ？」

「えーっと……？」

「普通は迷惑でしょう？」

そんなことを言われても、と朱亜は困ってしまった。

ただし、緑泉の言葉に肝を冷やしたのは侍女たちだろう。

身分では公主の方が上とはいえ、朱亜がこのことを怜新に報告したらどうなるか？

使用人の立場を知る朱亜としては『連帯責任』の文字が頭に浮かび、考えただけで恐ろしい。

もっとも、十年も後宮で働いていると色んな妃に出会ってきたのでこれくらいの嫌みはかわいらしいと思えるのだけれど。

（後宮で見てきた嫌みは、もっと遠回しに相手を不快にさせるものだった。ここまで直接的だとむしろ好感が持てる）

ただの素直なお姫様ではないか。

ついくすりと笑ってしまい、緑泉はそれを見て唇を尖らせた。

「今この状況で笑うなんて！」

「すみません、ご無礼を」

「お兄様はどうしてこんな……もっと綺麗で品のある娘はいくらでもいるはずなのに」

「そうですよね」

「納得しないで！」

感情を露わにする緑泉を見ていたら自然と気持ちが和んだ。

兄を取られて悔しいという気持ちはあっても、緑泉は朱亜を嫌ってはいないと思えたからだ。

（まあ、得体の知れない女が兄の妃として突然現れたら不満にも思うよね）

自分にも兄がいるから少しは共感できる。

公の場で発表する前に一言くらいあってもいいのでは？　と言いたくなるだろう。

（怜新様のことがお好きなのだな）

朱亜は緑泉に対し微笑ましい目を向ける。

「何なの？　ずっと笑ってて気味が悪いわ」

「こういう性分なのです。お許しください」

「……悔しい。そういうところお兄様みたいだわ」

「あら？　そうですか？」

どこが怜新と似ているというのだろう。朱亜は首を傾げる。

思い出す怜新の顔は無表情の方が多く、笑っている印象はなかった。

「私が何を言っても、怜新お兄様は動じないのよ。私が何をしようと関係ない、そんな感じで」

「ええ……？　私はそういうつもりはございませんよ？」

緑泉に対してというよりも、怜新が誰かに構うというところが想像できない。

怜新と一緒にされるのは困るなと朱亜は思った。

緑泉は小さくため息を吐き、茶器を手で包むようにして持ったまま嘆いた。

「お兄様の妃は私が選びたかったのに」

いくら何でもそれは無理なことでは？

さすがにこの言葉は胸の内に留める。

「どうしてあなただったのかしら？　美人は美人だけれど国一番の美貌ではなさそうだし、髪だってまっすぐじゃないのに」

朱亜の髪は、毛先が少し内向きに巻く癖がある。これは生まれつきで、髪を切ったところで毛先だけはどうしてもこうなるのだ。

緑泉の薄茶色の髪は全体的に緩く波打っていて、どうやら気にしているらしい。

「人の髪はそれぞれですから。癖は毛穴の形によるものなのでどうにもなりません」

朱亜がそう述べると、緑泉はぱっと顔を上げて尋ねてきた。

「毛穴の形？　性格が曲がっているからじゃなくて？」

「誰がそんな酷いことを言ったのですか!?」

ぎょっと目を見開く朱亜。

「小さい頃、一番上のお姉様にからかわれたの。私が泣いたら冗談だって謝ってくれたけれど、ずっと気になってて」

「姉妹喧嘩ですか。でもそれは傷つきますね」

「そうなの」

しゅんと肩を落とした緑泉は、胸元に落ちる自分の髪に目線を向ける。

今日のような雨の日は、うねりが強くなるからなおさら気になるのだろう。

「髪の根元には『毛球』と呼ばれる部分があります。そこが曲がっていたり小さかったりすると髪にクセが生まれるのです」

幼少期はクセ毛で成長すると次第に直毛に近づく者もいるが、それは成長過程で毛穴の形が変わったからで、性格云々はまったく関係がない。

「髪のことで人の尊厳を傷つける言葉は許せません。波状毛だって捻転毛だって、それぞれの美しさがあるんです!」

「波状……?　何それ、あなたはどうしてそんなことを知っているの?」

「え」

朱亜はどきりとする。「知り合いが詳しくて」とその場しのぎの言い訳でどうにかごまかそうとしたものの、緑泉は幸いに深く追及してこなかった。

「それぞれの美しさがある、ね。お母様にもそのようなことを言われたわ。でも、私はそこまで割り切れないのよ。まっすぐな髪に憧れる気持ちは本心なんだから」

緑泉と話していると、朱亜はかつて『美髪養生伝』を読んで「私のクセ毛は治らないんだ！」と知ったときの衝撃を思い出した。

すっかり慣れ切ってしまっていたが、あのときは自分も悲しい気持ちになった。

（結局、自分がどう感じるかどうかなんだよね）

人がいくら褒めてくれても、自分が納得できなければ心は晴れない。

朱亜が「今のままが素敵ですよ」と言ったところで緑泉は笑ってくれないだろうと想像できた。

「私、もうすぐ結婚するの」

緑泉が唐突にそう切り出す。

宴の際に怜新からも聞いていたが、緑泉はこの秋にも将来有望な尚書に嫁ぐことが決まっていた。

相手の子息とは何度か会ったことがあり、同じ十七歳だがとても落ち着きのある男性だと緑泉は言った。

「眉目秀麗、性格温厚。由緒正しい家柄でしかも裕福。黒髪はまっすぐでさらりとしていて、非の打ち所がないお相手よ」

「それはよかったですね？」

「よくない。だって向こうが私のことをどう思っているかわからないもの。怜新お兄様ほどでないとしても、あんな素敵な人の隣に立つだなんて……！　第一、あんな人なら私よりもっと美しい髪をした女性も選べたはずでしょう？」

何度か顔合わせは行い、二人だけで庭園を散歩したこともあるけれどろくに目を合わせることもできなかったそうだ。

「この髪がどう思われているか気になって……」

緑泉は、自分が相手の好みではないかもしれないと不安がっていた。

綺麗だと思ってほしい。愛されたい。そんな気持ちが伝わってくる。

「この髪さえまっすぐだったらこれほど引け目を感じなかったのに」

どうにもならないとわかってはいて、それでも気になって仕方がないようだった。

（臣下からすれば公主様の輿入れはこの上ない栄誉だけれど、それだけを求められるのは女性として寂しいということなのかな）

はっきりと物を言う緑泉でも、いざ結婚となると不安が募るらしい。

「あなたとお兄様を見ていたら、少しだけ羨ましかったの。身分のことも髪のことも何にも気にしていない風だったから」

ぽつりと漏れ出た本音。緑泉は一瞬「しまった」という顔をした。

「緑泉様……」

羨ましがられているとは予想外だった。

(私たちの関係は偽物ですけどね!?)

自分たちの演技はそれらしく見えていたようで何よりだが、緑泉の悩みを増やしたことについては申し訳なく感じる。

「明日は久しぶりに会える日なの。午後なら晴れるって宦官は雲の流れを見て言っていたけれど、そんなの気休めだわ。どうせ私はまた、髪が広がらないようにぎゅっと編み込んだ頭で彼と会うのよ」

「編み込むのも技術がいるので大変なのですよ……?」

ただ、あまり引っ張ると顔が大きく見えるという弊害はある。

すっかり不貞腐れてしまった緑泉を見て、朱亜はどう宥めようかと悩んだ。

(あまり深入りすべきではないかもしれないけれど、悩んでいるなら手伝いたい)

高貴な方がよく使っている豚毛の櫛より、やや硬めの猪毛(いのししげ)の櫛に変えるだけでも落ち着きは出るはず。

それに、熱を加えれば緑泉の憧れに近づけるのではないかと思った。

「あの、緑泉様。もしもよろしければ私の知る方法を試してみませんか?」

昔ながらの方法ではあるが、クセ毛を一時的にまっすぐにする方法はあった。

朱亜はにこりと笑って提案する。

「髪に特別な香油を塗り、熱した石で髪を挟んで整えれば一時的に直毛に近づきます。一度やってみませんか?」

「そんなことができるの?」

目を丸くする緑泉。

朱亜は笑顔で説明した。

「さほど特別なことではありません。何百年も前から行われている方法ですから」

石の素材や形が変わったり、研磨したり、進化はしているものの『熱した石を使って髪をまっすぐにする』という工程はずっと同じである。

「私の髪結師はそんなことができるなんて教えてくれなかったわ」

「う〜ん……そうですね。髪がほんの少しでも傷むのは許せないとか、自然のままが一番だと考える髪結師もいますので。緑泉様の髪のために提案しなかったのかもしれません。方針の違いではないでしょうか?」

髪結師にも色々な者がいて、美しい髪についてのこだわりもそれぞれ異なる。

緑泉の髪結師も熱石による手法は知っているはずだが、必要ないと判断した可能性はある。

「朱亜の髪結師が私のところに来てくれるってこと？」

「え？　ああ〜、その」

返答に困る朱亜を緑泉はじっと見つめる。

「私は貴族の隠し子ということがわかるまで街で暮らしていましたので、自分でできるのです。道具は持っていますから、私が緑泉様の髪を触らせてもらってもよろしいですか？」

「あなたが？」

「はい。慣れていますのでどうかご安心を」

緑泉は半信半疑だったが、朱亜は笑顔で押し切った。

「ありのままの自分でいることも当然素晴らしいですが、自分が好きだと思う姿を追求してみるのも楽しいですよ？　いつもと違う雰囲気になれば、気分転換になるかもしれません」

髪に負担がかかるので、やってみるのは許嫁(いいなずけ)と会う直前の一回きり。

朱亜の提案に、緑泉は期待を込めた目で頷くのだった。

翌朝、緑泉は再び紅麗宮へとやって来た。

昨夜のうちに雨は上がっていて、空には美しい青が広がっている。

熱石での施術には一刻と少しかかった。

来たときはふわふわとした雲のように柔らかかった緑泉の髪が、帰るときには纏まりのある束となってさらりと流れ、鏡を見た緑泉は言葉を失いしばらく見入っていたほどだ。

（完全な直毛は無理でも、かなりまっすぐに近づいた）

頭頂部の髪で二つの輪を作り仙女を思わせる双髷にしたら、白百合の簪で留めて優雅に仕上げる。

「いかがです？　楽しい気分になりましたか？」

そう言って笑いかける朱亜に対し、緑泉は夢見心地といった風に答えた。

「ええ……そうね……。これが私だなんて信じられない」

緑泉は垂れている毛束を何度も指で梳き、その手触りを確かめていた。

「あなたとても器用なのね」

「あははは、趣味みたいなものなので」

嘘は言っていない。趣味と仕事を兼ねているだけなのだ。

朱亜は苦笑いでごまかすと、緑泉の椅子を引いて席を立たせる。

「どんなお姿でも緑泉様は緑泉様です。でも、髪を味方につけると気持ちが強く持てると思いませんか？」

ほんの少しのきっかけで一歩踏み出せるのなら、大いに利用してもらいたい。

女心は複雑で、でも単純で、かわいらしいものなのだ。

「この状態が保てるのは、おそらく二刻ほどです。いってらっしゃいませ」

「っ！　わかった。いってくる」

すでに待っている許嫁の下へ、緑泉を送り出す。

お付きの者たちもその変貌ぶりに目を瞠っていた。

緑泉は前を向き、一番お気に入りだという薄紫色の襦裙の袖を靡(なび)かせながら歩いて行った。


夜になり、また薄い雲が空を覆い始めた頃。

政務を終えた怜新が紅麗宮へと訪れ、朱亜は一連の出来事について報告をする。

「緑泉様は大層お喜びで、許嫁の方がお帰りになった後にとっても長い文をくださいました！」

「この文が全部？」

文というより、まるで巻物である。

卓の上に置かれたそれを見た怜新は、やや目元を引き攣らせていた。

「許嫁の方からは、まっすぐな髪について『よくお似合いです』とのお言葉をもらったとか。でもそれよりも――」

理想の自分に近づけた緑泉は、初めて許嫁の彼の前で顔を上げられたそうだ。

見つめ合うと心臓が止まりそうなくらい緊張したと文に書かれていた。

『その髪もよくお似合いです』

『やはりまっすぐな髪の方が綺麗ですよね……？』

『普段の緑泉様も美しいと思いますよ。ただ、今日はあなた様が顔を上げて私をまっすぐ見てくださったことが嬉しいのです』

といったやりとりがあったとかで、緑泉様は『髪も大事だけれど私は私であるから価値があるのよね！　そうよ、私は十分に綺麗なのよ！』と自信に満ち溢れていた。

長い文を巻きながら、朱亜は思った。

（お役に立てたようでよかった）

ところが、怜新はどこか腑に落ちないようだ。

「外見で選ばれても仕方ないだろうに。嫁げば毎日会うことになるのだから、見た目を取り繕う必要はないのでは？」

「それを言ったらおしまいですよ」

女心がわからない人だと朱亜は唇を尖らせる。

「若いときは『理想の自分に近づきたい』という願望を誰しも持つものです。外見に自信が持てれば内面もより美しく変わる、そんなこともあるのでは？」

一時のことでも、緑泉はまっすぐに許嫁の顔を見ることができた。

よい変化ではないかと朱亜は説く。

「あっ、熱石を使うのはその過程が面白いのですよ？　怜新様も今度ご覧になってはいかがです？　熱した石で髪を挟んでそっと梳けば、驚くほど髪が艶めいてまっすぐになるのです！　心がスーッと軽やかになるのです」

熱弁する朱亜を見て、怜新は「またか」といった風に目を細めて笑う。

朱亜は、興奮気味にしゃべっていた自分が少し恥ずかしくなる。

「おまえは、きっと誰がどのような容姿でも態度を変えないのだろう。それなのに誰よりも髪にこだわるおかしなやつだ」

これは褒められているのだろうか？

それとも面白がられているのだろうか？

怜新に微笑まれると胸がざわついて仕方がない。

何となく居心地が悪くなり、朱亜は文箱を片付けるのを口実に怜新から離れようとした。

手を動かしていないと落ち着かない、そんな気がした。

棚を開ける朱亜の背中には、怜新の視線がずっと向けられている。

あまり見ないでほしいと思っていたら、彼がぽつりと呟くように言った。

「朱鳥というのは」

「はい？」

軽く振り返れば、視線がかち合う。

うっすらと笑みを浮かべた怜新は妖しげに見えた。

「その翼で、逆境に打ち勝つ力と深い愛情を与えてくれるらしい」

一体何のことを言っているのだろうと、朱亜は目を瞬かせる。

（朱鳥って、鳥の種類かな？　鳳凰の親戚みたいなものだろうか？）

髪のことならともかく、鳥に関してはさっぱりわからない。

「それはどこにいるのですか？」

ぜひ見てみたいと思った。

朱亜の反応を見た怜新は、なぜかくっと笑う。

「ああ、そういう鳥がいるなら怜新様にぴったりですね、逆境に打ち勝つなんて」

今まさに大事な局面を迎えている怜新には、そんな鳥が必要なのでは？

貴族には鳥を飼っている者も多い。縁起のいい鳥ならばなおさら好まれる。

「その朱鳥が見つかるといいですね」

何気なくそう言うと、怜新は朱亜をじっと見つめて笑みを深めた。

「そうだな。ずっと手元に置いて逃がさないでおこう」

「……そうですね？」

低い声が妙に恐ろしい。

怜新に捕まったら、きっともうその鳥は二度とここから出られないだろうなと思うとその鳥に同情してしまう朱亜だった。

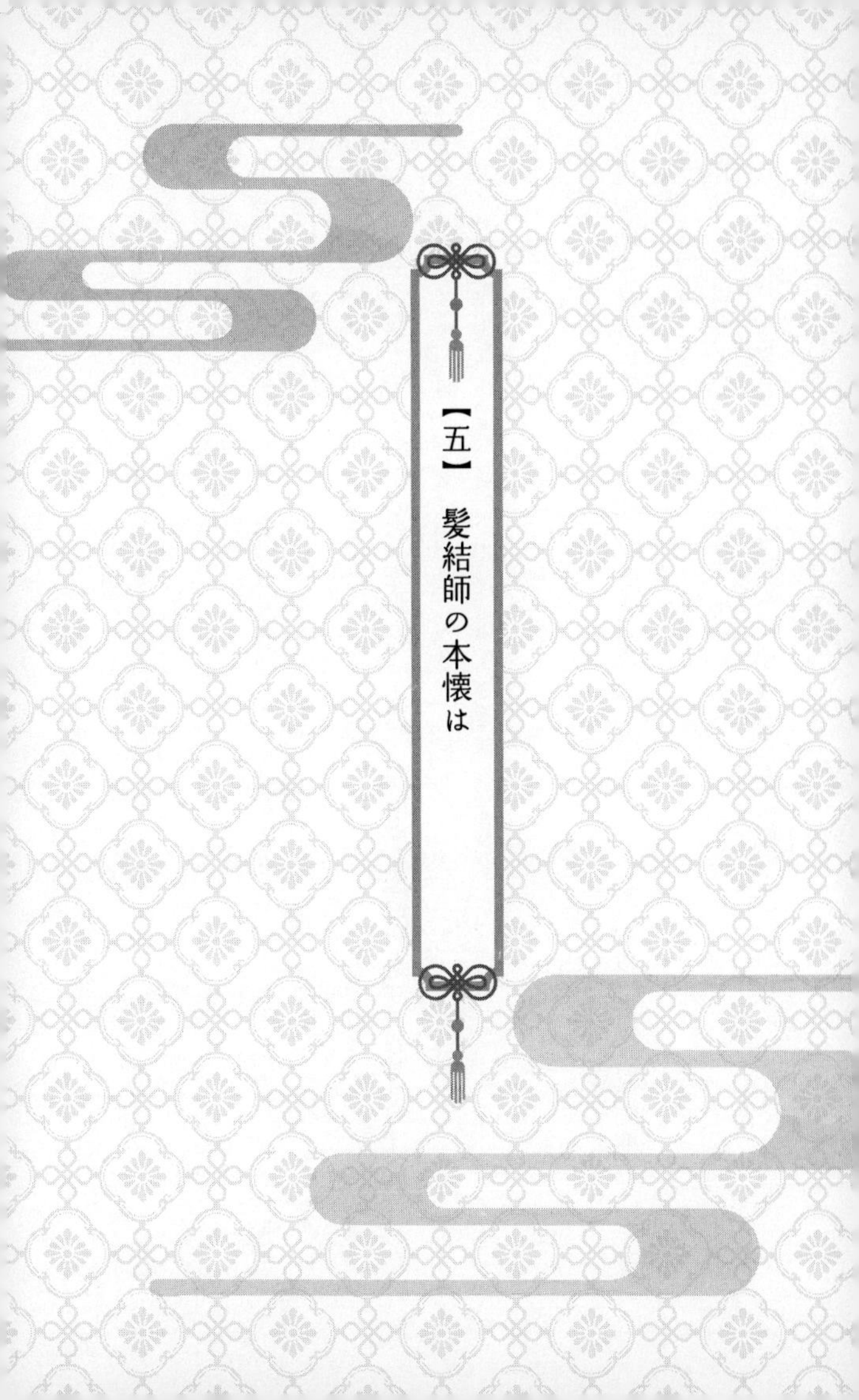

【五】　髪結師の本懐は

穀雨が終わり、晴れ渡る空。

昨夜から一睡もせずに艶めく銀髪を赤く染め上げた朱亜は、久しぶりに大きな達成感を抱いていた。

特別製の保水液と香油を髪によくなじませ、ほどよくしっとり仕上がった赤い髪。毛先までムラなく染まったのを確認し、丁寧に頭頂部を結い上げて冠をつけたら、筆を使って生え際に赤い粉をつけていく。

すべてが終わると、ふぅっと息が漏れた。

「どうでしょうか？」

「…………」

鏡の前に立った怜新は、己の姿を見て目を瞠った。怜新が義髻ではない地毛の赤髪を取り戻したのは、六カ月ぶりのこと。

怜新はしばらく黙ったままだった。

じっとそれを見守る朱亜は「本当に皇族の赤を再現できたのだろうか？」と不安で鼓動が速まり、次第に顔つきが強張っていく。

何か大きな物が喉に詰まっている気分だった。

「――これだ」

怜新は鏡にそっと指先を当て、感極まったように目を細める。

「まさかこの姿に再び戻れるとは……」

「！」

「おまえの働きに感謝する。これは間違いなく私の赤だ」

その言葉を聞いた瞬間、大きく息を吸い込んで一気に吐き出す。心の底からほっとした朱亜は、瞼を閉じて胸に手を当て喜んだ。

「よかった……！　お褒めに与り光栄でございます」

怜新の顔を見ていたら、朱亜の方が眦に薄っすら涙が浮かんでくる。

きっと朱亜以上に怜新は不安だっただろう、そう思えばなおさら感動が込み上げた。

（口には出さなかっただけで、怜新様の苦しみはどれほどだったか）

計り知れない重圧の中で、朱亜の腕にすべて託して待っていてくれた。

そして願いは叶えられた。

髪結師としてこれほど嬉しいことはない。

すでに陽は昇っていて、窓辺には柔らかな日差しが差し込んでいる。

夜中からずっと緊張が続いていた後で迎える爽やかな朝に、疲労感すら心地よく思えた。

(片づけを済ませたら、湯を浴びてたっぷり眠ろう)

筆についた粉が固まってしまわないうちに、麻布でそれを丁寧に拭わなくては。朱亜が道具に手を伸ばしたそのとき、怜新がこちらを振り向いて告げた。

「さっそく出かけたい」

「はい、いってらっしゃいませ。お召し物は隣の部屋にご用意が……」

「おまえもだ」

「え?」

一瞬、何を言われているのかわからなかった。扉の前に立っている建起を振り返るが、「私じゃありません」と首を振られてしまう。

「私?」

「当然だろう」

なぜなのかと首を傾げる朱亜を見て、怜新はくっと笑う。

「寵妃と散歩する姿を皆に見せに行こうと思う」

「ええ!?」

怜新は朱亜の手を取り、早く着替えて来いと言う。

その目が子どもみたいに楽しそうで胸がどきりと高鳴る。

「玉永、頼む」

「かしこまりました」

　待機していた玉永はすぐに朱亜のために桃色の衣装を用意し、別室に連れていかれるとあっという間に準備が整えられた。

　何度着ても慣れない上等な薄い生地に、首元や袖に至るまで繊細な意匠、そしてさりげなく煌めく宝石たち。

　白粉や紅で化粧も施された。髪だけは自分で結い上げ簪で留めると、髪結師から寵妃様の装いに変わっている。

「まぁ、明るい日差しの下で怜新様の髪色を確認するのも必要ですよね……」

　これも仕事だと思い、再び気を引き締めようとする朱亜。

　廊下に出れば建起だけが待っていて、そこに怜新の姿はなかった。

「怜新様は先に宮廷へ向かわれました。まずはお一人で尚書や護衛らの反応を確かめたい、と」

　ここへ迎えに来た護衛も、門の前にいる見張りたちも何ら違和感を抱いているようには見えなかったとも教えられた。

　もう心配はしていなかったが、改めて報告を聞くと再び安堵する。

「怜新様は、薔薇の咲く庭で待つと仰せです」

「薔薇？　そういえばそんな時期ですね」

宮廷では、かつて絶世の美姫が欠かさず朝露を飲んだと言われる紅紫色の薔薇が初夏に咲くのだと聞いたことがある。

「皇族しか入れない特別な庭です。道案内はお任せください」

建起はそう言って前を歩いていく。

いつも実直で落ち着いている彼の背中も、どことなく晴れやかで明るく感じられた。

朱亜が宮廷にやってくると、尚書らの視線が一気に集まる。

これまで後宮を持たなかった怜新がたった一人そばに置く、噂の寵妃様は抜群の注目度だった。

――あれが噂の寵妃様か。

――御名のほかはすべて謎だとか。なんと美しい黒髪だろう……！

――まさに傾城傾国、皇子殿下に見初められるのも納得の髪だ。

（うっ……！　化けの皮が剝がれそう）

できるだけ優雅に見えるよう、口元の笑みを保ったまま足を進める。

（今の私は寵妃様！　恋する女性！）

胸の内で何度も自分に言い聞かせながら庭へと向かう。

咲き誇る薔薇の前で待っていた怜新ははっと息を呑むほど美しく、朱亜を見つけると本当に恋をしているかのように微笑んだ。

風に揺れる長い赤髪は義髻のときよりずっと艶があり、ただの象徴だと笑えないくらい神秘的に見えた。

(鳳凰の化身だなんて威光を強めるための嘘だって決めつけていたけれど……本当にそうなのかもしれない)

怜新を見ながら、朱亜はそんなことを思っていた。

「朱亜、よく来てくれた。会いたかった」

形のいい目を愛おしげに細めた怜新は、いつもの冷たい雰囲気とはまるで違う。こんな笑顔は珍しく、二十三歳の青年らしく見えた。

朱亜も微笑みながら怜新に近づき、「私もお会いしたかったです」と答える。

(さっきまで一緒にいましたけれどね?)

会いたかったもなにも、一刻ほどしか離れていない。

愛し合う二人にとっては、ほんのわずかな時間も長く感じるということかと朱亜は苦笑いだった。

「そなたは今日も美しい。仙女が降臨したようだ」

「あら」

指でそっと頬に触れられると、これがすべて演技だとわかっていても息が止まりそうになる。

(これは仕事！　これは仕事で、夢の中みたいなもの！)

朱亜はできるだけ嬉しそうに、にっこりと笑って怜新を見つめる。

周囲の護衛や官吏らに見せつけるのが目的なのだから、ここで一歩引いて逃げ腰になってしまってはいけないとわかっていた。

「このように心を奪われたのは初めてだ。朱亜とずっとこうしていたい」

「私もです」

寄り添いながら、心の中ではよくもまあそんな嘘がつけたものだと感心する。

(赤髪を取り戻せた喜びで、怜新様も気分がいいのかも)

ご機嫌なのはいいことだ。

それに自分のこの胸の高鳴りもきっと大仕事をやりきった後の高揚感のせいだと思った。

けれど肩を抱き寄せられれば一瞬で平常心ではいられなくなる。

「ひと時も離れたくない。愛している」

「っ！」

自分の顔が真っ赤に染まるのを自覚した朱亜は、思わず怜新を突き飛ばしそうになるも必死で堪える。

（本当にお上手になりましたね!?）

最初の頃は気の利いたことの一つも言えなかった人が今では周囲の者がすっかり騙されるほどの演技力で、その口調も素ぶりもとても自然である。

大きな手のぬくもりや甘い言葉に騙されそうで恐ろしかった。

「朱亜、私を見てはくれぬか？」

俯いている朱亜をからかうように怜新が囁く。

顔を見られたくなくて胸にもたれかかれば、彼の赤銅色の髪が視界に入った。

（綺麗な赤……陽の下で見るとより美しく見える）

一本一本がしっかり染まっている。

それを見ているとだんだん落ち着いてきて、髪結師としての冷静さを取り戻せる気がした。

「朱亜？」

じっと髪を見つめる朱亜に怜新が呼びかける。

はっと気づいて視線を上げれば、一体どうしたのかと不思議がる顔がすぐ近くにあった。

「あっ、えっと、私を愛しているんでしたっけ？　はい、私もお慕いしております！」

咄嗟に口を開くも、別のことを考えていたのは明白で。怜新は呆れたように目を眇めた。

「ごめんなさい……」

消え入りそうな声でそう言った朱亜は、再び目を伏せる。

(怜新様の視線が痛い)

でも朱亜は再び怜新の髪を見てしまう。それに加えて本音も漏れていた。

「はぁ……好き。触りたい」

「そういうことは目を見て言え」

「!?」

心臓が大きくどきんと跳ねる。

俯いたまま、顔を上げられなくなった。

怜新はそんな朱亜をさらに強く抱き締めながら、演技を続行する。

「今宵も朱亜の宮へ行く。待っていてほしい」

「はい、お待ちしております」

かろうじてそう答えると、怜新が満足げに笑うのがわかった。

この様子だと、本当に朱亜を大切にしているように見えるだろう。妃としての仕事もよくできているのでは……と油断したそのときだった。

「ふ……」

(いけない。ついあくびが出そうに)

牡丹の刺繍が入った丸扇で口元を素早く隠し、朱亜は笑みを浮かべるふりをしてあくびをどうにか抑える。

一晩かけて怜新の髪を染めていたので、いつもならとっくに寝ている時間である。

それにしても次期皇帝の前であくびとは、宴の席から何も進歩していないことに自分でもちょっと呆れてしまった。

「おい?」

笑顔のままで怜新が小声で叱ってくる。

さすがにこの近さではごまかせなかったらしい。

「す、すみま……」

怜新は、謝ろうとした朱亜の右手をそっと取り、己の口元に持っていくと柔らかな唇を押し当てた。

全身が熱くなるのを感じ、慌てて手を引っ込める。

「ひっ」

怜新は面白がって笑っていて、朱亜は恨めしくなる。

(これはやりすぎだと思いますけれど!? 私のことなんて好きでもなんでもないくせに、実は女性の扱いに長けているのでは!?)

朱亜の中で、恥ずかしさと腹立たしさが入り混じる。

赤くなったままの顔で睨むだけで精いっぱいだった。

「我が妃はとても愛らしい。生涯手放したくないな」

「お戯れを、怜新様」

「嫌か？」

ここで嫌と言えばこれまでの演技が台無しになる。それより何より、嫌じゃないことが一番の問題だった。

「し……」

「し？」

「幸せすぎて涙が出そうです。ふふふ……」

こんなことをずっと続けるのは無理だ。少なくとも、寵妃のふりはなるべく遠慮したい。

美しい薔薇に視線を移し、心音が収まるのを待つ。

（こんな風に触れ合いさえしなければ心のざわめきもきっと消えてなくなるはず）

誰に咎（とが）められたわけでもないのに何となくいけないことをしているような気がして、心の中で言い訳を重ねた。

「少し歩こうか」

「はい」

怜新に右手を引かれ、二人並んで庭園を歩く。風が心地よく、大きな傘を持つ玉永と警護を担う建起の四人で進んでいく。

「即位の儀は三ヵ月後に決まった。その日は朱亜にも式典に出てもらう」

「私もですか？」

寵妃といっても皇后や四妃ではない。てっきり自分は紅麗宮に留まるものだと思っていた朱亜は目を丸くして驚いた。

でも、大事な大事な即位の儀だ。怜新の髪を直せるのは自分しかいない。

「儀式は長いですものね。御髪(おぐし)が乱れたとき、私がそばにいればすぐに直せます。お任せください」

次期皇帝の髪を整えられるなど、髪結師として誉れである。

朱亜は笑顔で引き受けた。

けれど怜新は「そうではない」と告げる。

「その日は建起をおまえのそばにつけられない。そうなれば紅麗宮の警備が手薄になる。ならば、いっそ隣にいた方が安全だろう？」

「私のためですか？」

予想外の言葉だった。

まったく護衛がいなくなるわけではないのに、信頼している建起が守れないからといって自分の隣に置こうとするとは。

「おまえは私の弱点となり得る。だからできるだけ離れたくない」

「弱点……？　まぁ、それはそうですね」

もしも朱亜が怜新の髪を染めたことが露呈すれば、宮廷を欺いた罪に問われる。

（共犯者であり実行犯ですもんね）

書閣で出会って以来、第二皇子に目立った動きはないものの、怜新の失権を狙う一派に朱亜の身柄を拘束されれば窮地に陥ってしまう。

「孔春は私に呪いを放った。だが未だに私は赤髪のまま……となれば焦って何をしでかすかわからない」

思い通りにならないのなら、寵妃を人質に取って退位を迫るということも考えられると怜新は言う。

「妃一人のために退位するなど現実的にあり得ます？」

「可能性の話だ。私がそこまでおまえにのめり込んでいるかもしれないだろう？」

「そんなわけないじゃないですか」

思わず笑ってしまう朱亜だったが、怜新は神妙な面持ちで話を続ける。

「おまえを手放したくないと言ったのは本心だ」

「え」

　さっきの演技のことを持ち出され、朱亜はどきりとする。

「意外か？」

「ええええ……？　いえ、その」

　何と言っていいかわからない。

（それって髪結師として、ですよね？）

　横顔をじっと見つめていると、息が詰まって冷や汗が流れるような気がした。

　心臓がまた激しく鳴り始め、今朝までその髪に触れていたのが嘘のように緊張している。

（私は怜新様に大事にされている。最初の頃とは比べ物にならないくらい、信用も得られた。それはわかっている）

　けれど、女性としてどう思われているかはよくわからない。

（なぜ黙っているの？）

　いつもとは纏う空気が違う。

　怜新もまた少し緊張しているのだと伝わってくる。

（この方が私を？　そんなことが……）

　隣を歩く人は本来であれば近づくことすら叶わない遠い存在で、想い想われることを想像することすらおこがましい。

（怖い）

足を止めた朱亜に気づき、怜新は少し前で立ち止まって振り返る。

決して越えられない身分差がある相手に手を伸ばせるほど、朱亜は大胆になれなかった。

これまで髪結師として生きていくことだけを考えてきたのに、今この続きを聞いてしまえばすべて失ってしまうのではないかと恐ろしくなった。

「朱亜、私は……」

「あああっ！　私ったら筆を拭いてくるのを忘れていました！」

何か伝えようとした怜新の言葉を大声で遮る。

これには怜新も驚いて目を瞠り、建起と玉永もびくりと肩を揺らして息を呑む。

次期皇帝の言葉を遮るなど不敬すぎる行いだが、朱亜は懸命に訴えかけた。

「あの！　もうそろそろ戻っていいでしょうか？　十分に官吏らの目に留まったと思いますので、私は道具の手入れを……それに怜新様も待っている者たちがいらっしゃるのでは？」

「あ、あぁそうだな」

遠くに視線を向ければ、尚書省の官吏たちが怜新の戻りを待っているのが見える。

その手には巻物や木簡があり、何やら確認したいことがあるのだろうと予想できた。

「義髻でなければお仕事にも集中できることでしょう。どうか存分に練り歩いてきてください！」

「練り歩きはしないだろう、普通」

「だとしても！　さぁ、皆様がお待ちです。いってらっしゃいませ」

「……わかった」

強引に背中を押せば、渋々といった様子で怜新は離れていく。

朱亜は笑顔で手を振り続け、怜新の姿が見えなくなるまでそうしていた。

（私は髪結師だから。髪のこと以外は考えない！）

きっとそれが一番いい。怜新が何を言おうとしたのかも、今自分が誰を想っているのかも気づかない方が幸せだ。

もの言いたげな建起と玉永の視線を感じながら、朱亜は紅麗宮の方へと踵を返した。

後宮で髪結師になり十年、何かが気になって手が止まる……なんてことは一度もなかった。

それほどにこの仕事に夢中だった。

「はぁ……」

速く、美しく髪を編み込んでいく指の動きは少し休むと途端に鈍ってしまう。妃たちの髪を結わなくなってからも、朱亜は毎日義髻や糸を使って練習を欠かさなかった。今日ももちろんそうするつもりだったが、気づけばぼんやりしている自分に気づく。

手先は器用でも、心はまた別らしい。

髪のこと以外は考えないと決めたのに、怜新のことが頭をちらついて離れなくなっていた。

(寵妃のふりなんて引き受けなきゃよかった)

そんな選択肢はなかったのだが、今となっては後悔しかない。

「朱亜」

「ひぃっ！」

椅子に腰かけた状態で義髻の髪を両手で指にひっかけたまま、朱亜はびくりと肩を揺らした。

振り返れば、不思議そうな顔をした怜新がいる。

おそらく何度も声をかけていたのだろう。「そんなに驚くか？」と目が言っていた。

「え？　まだ日が高いですが？」

一体どうしたのだろう。

怜新がやって来るのはたいてい夜中で、今の時間に紅麗宮を訪れたことはほとんどない。

「まさか髪に何かあったんですか!?」

慌てて立ち上がったために、椅子がガタッと激しい音を立てた。

「いや、そちらは問題ない。丞相も大臣も誰も気づいていなかった」

「そうですか……よかったです」

ほっと胸を撫で下ろす。

義髻の赤と今の色は少しばかり異なるので、誰かに怪しまれないかと少し心配はしていた。だが、普通の人から見ると似たような赤なのだ。杞憂だったと知り、朱亜は笑みを浮かべる。

そんな朱亜に対し、怜新は懐から文を取り出した。

「これは?」

「漢佳華からの文だ」

「！」

先帝の後宮から出て、佳華はしばらく首都に滞在していたらしい。

その後、父親の領地に移ったところで朱亜が出した文を受け取り、その返事を寄こしてくれたそうだ。

『朱亜、元気そうで何よりです。私も元気にしています』

書き出しは近況報告からだった。

漢家の領地は首都から馬で五日ほど、首都ほどではないが立派な街があり、何不自由ない暮らしができるという。

『あなたほどの髪結師が見つからない、ということ以外は満足です』

自分のことを惜しんでくれる佳華の気遣いに朱亜は胸が熱くなった。

佳華はこれから領地で暮らし、来年には一門の名家に嫁げるよう話が進められていると書かれていた。

『ありきたりな願いだけれど、今度は妻として必要とされて子を持てるように努めるわ。お飾りはもう十分だもの』

佳華らしい明るさは文の中でも健在で、次の結婚について前向きに考えられていることが窺える。

朱亜は文を読みながら笑顔に変わる。

「佳華妃から朱亜に、と。贈り物も預かっている」

「贈り物ですか？」

怜新のそばに控えていた玉永が、両手に抱えるくらいの箱を持っていた。

どうやらこれが佳華からの贈り物らしい。

箱の中身は、緑に染めた絹糸で編まれた靴だった。

「綺麗……！」

小さな宝石がいくつも縫い付けられていて、鑑賞用だと思われる。

「これって」

朱亜が顔を上げると、怜新は困った風に笑っていた。

「佳華妃はおまえを諦めていないようだな」

靴を親しい人に贈るのは「いつでもおいで」という意味を持つ。普通はこんなに宝石のついた靴を贈ることはないのだが……。

「身分の高い者が使用人に靴を贈るのは『雇い入れる』という意思を表す。『おまえの生涯に責任を負う』という宣言だな」

「佳華様が私を」

手紙を読み進めていくと、最後にそれについても記してあった。

『困ったらいつでも来なさい。いざとなればこの靴についている宝石を売って路銀にすればいいわ』

無理強いはしない、でもいつでも歓迎するという懐の深いお誘いだった。

自分が後宮で働き続ける限り、首都を離れた佳華に会うことは難しい。それでも、佳華の気持ちが嬉しかった。

（悲しいこともあったけれど、私はやっぱり髪結師になってよかった）

後宮は解散し、妃たちとはもう会えない。

朱亜のいる環境は様変わりしてしまった。

そんな中でもこの腕には確かに残ったものがあると思えた。

「ありがとうございます。これを私に渡してくださって」

外部との連絡を絶った方が、怜新にとっては安心できるはずだ。それなのに佳華との文のやりとりを許してくれたことに心から感謝した。

「おまえには無理を強いている。だが、選択肢があるとわかった上で佳華妃より私を選んでほしいからな」

「はぃ？」

文と靴を持ったまま、朱亜は怜新の顔を見て呆気に取られる。

申し訳なさげに眉尻を下げた怜新は、その大きな手で朱亜のそれを包み込んで言った。

「これからも苦労をかける」

「嫌ですよ⁉　何の苦労ですか⁉」

佳華からの文でやはり自分は髪結師をやっていくのだとやる気が出たところだったのに、と朱亜は顔を顰めて拒絶する。

（お願いですから私の心を乱さないでください！）

「んぐぐぐ」

懸命に手を引き抜こうとするも、力の差は歴然でちっとも離してもらえない。

しばらく無駄なあがきを続けていた朱亜だったが、見かねた建起が怜新を止めに入った。

「怜新様、お戯れを……。今日は朱亜様にお伝えすることがあったのでしょう？　急がねば支度が間に合いません」

「そうだったな」

「支度？」

怜新はさっと手を離し、建起の方を見た。

朱亜は二人のことを交互に見て、改めて支度が必要なほどの何があるのかと不思議がる。

「呪いについて調べが進んだ」

「本当ですか!?」

怜新の髪を銀髪に変えた悪しきまじない。

建起の部下が調べていると聞いていたけれど、進捗が知らされたのはこれが初めてだった。

「首都の外れにある高神韻寺院は知っているか？」

「知っているも何も、天女の髪を祀る寺院ですよね。髪結師にとったら一生に一度は行きたい憧れの場所ですよ」

その昔、美しい双髻の天女様が空から舞い降り、そこで親切な僧侶に出会い感銘を受け、感謝の気持ちとして艶やかな髪を一束残して天に戻っていったという言い伝えがある。

高神韻寺院ではその天女の髪を神殿の最奥に祀っていて、そこで祈りを捧げれば髪にまつわる悩みが解決すると言われている。

書閣から借りてきた書物にも、高神韻寺院についての記述は何度か出てきた。

「高神韻寺院の道士様によるご祈禱は数年待ちとも……とてもご利益のある寺院だと有名です！」

朱亜は目を輝かせ興奮気味に語る。

（でもどうして今その寺院の名前が？　祈禱と呪いは別物だと思っていたけれど）

じっと怜新を見つめると、彼は静かに話し始めた。

「孔春が複数の家を通じて、その寺院へ多額の寄付を行っていることがわかった。魏家の当主と道士が懇意にしているという情報もある」

「孔春殿下が？」

「魏家ではなく、別の家を通じて金を出させたのはやましいことがあるからに違いない。それに高神韻寺院にいる櫂廉という道士が以前から多くの貴族家と懇意にしているとか。櫂廉の祈禱によって一財を築いた者や家督争いに勝った者……一見すると運がよかったような話の裏には不審な死があった」

怜新は、その櫂廉が祈禱を騙って呪殺を行ったのではないかと考えているらしい。

（そういえば兄さんが言っていた。『どこぞの術者に金を積めば、恋敵の髪を失わせる呪いをかけられる』らしいと……。まさかそれが高神韻寺院？）

神聖な寺院で何をしてくれているんだ、と朱亜は静かに怒る。

「以前、髪が増えるとか白髪が無くなるとかいう噂話を耳にしたときは、祈禱で髪がどうにかなるものかと思っていたがどうやら嘘ではないようだ」

怜新がにやりと笑う。

それを見た朱亜は目を瞬かせた。

「え？　もしかして直接行くおつもりですか？　支度ってまさか……」

次期皇帝が宮廷を留守にしていいのかと困惑する。

しかも相手は怪しげな術を使うかもしれないのだ。その道士が孔春と関係しているのなら、敵地に乗り込むようなものである。

「私が行ってきますと言ったのですが……」

建起はすでに説得したらしく、そしてそれは失敗していた。

「当然、皇族として訪問はしない。名を借りて密かに向かう」

「それなら安心ですね、って思えませんけれど!?」

「だが時間が惜しい。場合によっては、私の身にかかった呪いを解かせることも考えている」

「それは……！」

驚いたが、怜新が直接行った方が早いという理屈はわかる。

おそらく建起もそこで説得を諦めたのだろう。

「う～ん……おっしゃることはわかります。そうですね、確かに呪いを解く絶好の機会かもしれません」

「そうだろう？」

「でも、罠ではありませんよね？　孔春殿下があえて情報を流したとか？」

「そこは心配ない」

怜新はきっぱりと言い切る。

心配のあまり朱亜が建起に視線を向けると、彼もまた「大丈夫です」と笑った。

「皇帝陛下にのみ従う『蝶(ちょう)』という組織があります。先帝様ご崩御に伴い、その指揮権が怜新様に移りました。彼らは皇帝の目と耳となるために存在しているので、怜新様が次期皇帝である限り信頼できます」

「私にそんな話をしていいんですか？」

「宮廷でも丞相様や大臣らはご存じですから」

私はただの髪結師なんですが、と朱亜は呆れた目で建起を見る。

こうして少しずつ宮廷の内部や皇族について知るうちに、だんだんと逃げ場がなくなっていっている気がするのは気のせいだと思いたい。

「えーっと、それで私も一緒に行くんですよね？」

「ああ、行きたいだろう？」

「それはぜひ！」

もしかすると危険が伴うかもしれない。それはわかっている。

ただ、髪結師としては憧れの高神韻寺院に行けるものなら行ってみたい。

好奇心は止められなかった。

「急ぎましょう！　今すぐ出発しますか？」

「待て、まだ支度が済んでいない」

怜新はそう言うと玉永を呼んだ。

すでに話は伝わっているようで、三人分の旅装束や足首まで包みこむ靴が用意されていた。

「お貴族様のお忍び旅行みたいですね」

「そうだ。その方が動きやすい」

完全に庶民のふりをすると、物盗り(ものと)に襲われる危険がある。けれど「実は貴族です」というのが一目でわかれば、追手や報復を恐れる彼らは近づいてこない。

「おまえにはこれも」

そう言って怜新は懐から絹の袋を取り出した。中からは青い石のついた耳飾りが二つ出てくる。

「これには破邪のまじないがかかっていて、身に着けるだけで呪いや悪しき力を遠ざけてくれるそうだ」

「ありがとうございます。でも怜新様は？」

自分より怜新の方が必要なのでは……と朱亜は不安げな目を向ける。

何せ一度呪われているのだから、用心するに越したことはない。

しかし怜新は涼やかな顔で言った。

「私はすでに呪いにかかっている。だから、重ねてかかることはない」

「そうなんですか？」

知らなかった、と朱亜は呟く。

(もう呪われているから安心というのは、果たして安心なんだろうか？)

疑問は残るが、不幸中の幸いとでも思っておこう。

朱亜は手のひらの上に載せた耳飾りをまじまじと見つめる。

飾りというより防具ではあるが、かわいらしいその見た目に頬が少し緩んだ。

「無事に帰ってきたらお返ししますね」

朱亜が当然のようにそう言うと、怜新はじとりとした目で睨む。

「それはもうおまえの物だ。この私が贈った物を返そうとはいい度胸だな……？」

「え？　くださるんですか？」

「当然だ。何が不満だ？　形か、色か？　どこが気に入らない？」

「いいえ！　そんなめっそうもない！　とてもかわいいです！」

半信半疑といった様子の怜新だったが、朱亜は本心ですと訴えた。

（だって、こんな高そうな耳飾りをもらえるなんて思わないよ）

怜新にとっては大した額ではないのかもしれないが、朱亜にとってはどう見ても高級品である。

「ありがとうございます！」

素直に喜びを顔に出せば、怜新も少し満足げに微笑む。

自分には分不相応だと思うのに耳飾りを見ているだけで高揚してくる。

（絶対に失くさないようにしよう。怜新様にもらった物だから）

心の中でそう決意し、さっそく出かける支度へと取りかかるのだった。

「ようこそいらっしゃいました」

怜新が身代わりを立てて密かに宮廷を出てからおよそ半日。

空が薄紫色に染まる頃、一行は高神韻寺院へと到着した。

(馬、速い……！　お尻と内腿(うちもも)が痛い)

愛想のいい道士に出迎えられたとき、朱亜はやや前かがみで足が震えていた。馬での移動は人生初で、怜新にしがみついていただけとはいえ力み過ぎて体がだるい。

「お嬢様、牛車(ぎっしゃ)をご用意しましょうか？　お顔色が優れませんが」

「いえ、おかまいなく……」

親切な申し出に感謝しつつも、苦笑いで固辞する。

「わかりました。それでは陶迅林(こうじんりん)様、許嫁の朱利(しゅり)様、お付きの方、よくぞいらっしゃいました。案内係の道士、陸丹(りくたん)でございます」

ここでは建起が陶迅林という名の貴族で、朱亜はその許嫁の朱利、そして怜新は護衛を装うことになっている。

先に文を届けていて、どうしても本日祈禱を受けたいとお願いしたところ快く引き受けてくれたのだ。

（寺院も商売だから銀板をくれる客には無理も聞いてくれるんだな）

念のため怜新は顔を仮面か薄布で覆った方がよいのではと朱亜は思ったが、本人は「皇族の顔など誰も知らぬ」と言って素顔を晒している。

それを聞いたときは「大胆ですね」と思ったが、後宮勤めをしていた朱亜でさえ先帝の顔を見たことはなかったので道士がそうだと気づくことはないだろう。

（でも雰囲気が明らかにただの護衛じゃない。高貴な雰囲気が隠しきれていない）

ほどよく古い庶民の服も、怜新が着たらなぜか上等な衣に見えていた。

「それでは本殿へご案内いたします」

出迎えた若い道士はそう言って前を歩いていく。彼がときおり心配そうな目を向けてくるので、朱亜は申し訳なくなる。

（体調を案じてくれるなんていい人だ……。でもよかった、怪しまれていないみたい）

ほっと安堵していると、怜新がこちらを向いた。

「どうした？」

「いえ、優しい道士様だなと思いまして。……そういえばその黒髪、お似合いですね」

せっかく染めた赤い髪は、黒髪の義髻で覆われている。

（念のため用意しておいてよかった）

染料を試すために使っていた義髻が思わぬところで役立った。うまく正体をごまかせている。

朱亜がついにんまりと笑うと、それに気づいた怜新は得意げな顔をする。

「腕のいい髪結師がいるからな」

「あら、それは幸運でしたね？」

怜新は前を向いたまま笑い、朱亜もふふっと笑みを漏らす。

朱亜たちは道士に連れられて、まずは本殿の隣にある建物に入った。

灯籠の光にあてられた漆黒の梁は幻想的で、敬虔な信者でなくとも「何か特別な力が宿っているのかも」と思うほど美しい。

そこでしばらく茶を飲んで待っていると、噂の道士である櫂廉が姿を現した。

「はじめてお目にかかります。櫂廉でございます」

深々と頭を下げて合掌した彼は白い僧服に黄色の袈裟を纏った五十代の男性で、薄茶色の髪を高い位置でまとめ銅製の冠を被っている。

目が大きく、痩せ型であるせいか余計にそれが強調され眼力が強く感じられ、頼もしい雰囲気がある。

（顔や首には皺が目立つのに、髪は二十代の若者みたいに太くハリがある。生え際の

後退も見られないし、見事な頭髪だ）

さすがは天女の髪を祀る寺院の道士だけあると朱亜は感心していた。

（元々、毛量の多い人なんだろうな。肩より少し上で切り揃えているのは、伸ばすと広がるからなのかも？）

ついじっくり観察してしまったが、櫂廉は柔和な笑みを浮かべている。こういった視線に慣れているようだった。

「櫂廉道士様。本日は急な祈禱をお引き受けいただきありがとうございます」

建起がそう述べると、櫂廉はくしゃりと表情を崩して笑う。

多額の寄付をすればこんな風にいきなりでも祈禱を受けられるので、今回はそれを利用してねじ込ませたのだ。

「構いません。あなた方がここへ無事に来られたということは、神のお導きあってのことでしょうから。こちらこそ感謝いたします」

恭しく頭を下げる櫂廉はまったくこちらを怪しんでいない風に見える。

まさか次期皇帝が直接乗り込んでくるとは微塵も思わないはず。

怜新は護衛らしく少し後ろで立っていて、堂々とした態度だった。

陶迅林こと建起も金持ちの貴族令息を装い、笑顔で会話を続けた。

「このたび結婚が決まったのですが、こちらにいる朱利がどうしてもここへお参りしたいと言いまして」

「そうでしたか。ここには結婚前に記念として訪れる方も多くおられます。お嬢様はとても美しい髪をしておられますから、髪に対し並々ならぬ思い入れがあるとお見受けいたします」

朱亜もにこりと微笑み「そうなんです」と相槌を打つ。

寵妃のふりをするより、髪を大事にしている娘を演じる方が随分と気が楽だった。

「以前からこちらのお噂は耳にしており、ぜひとも訪れたいと思っていました。まるで夢のような心地ですわ」

「なんと嬉しいお言葉でしょう。道士としてお礼申し上げます。……では、さっそく祈禱を行いましょう。本殿はあちらです」

朱亜たち三人は、櫂廉と若い道士に連れられて祈禱の間へと移動する。

黒檀の廊下はときおりギシッと軋む音がして、壁に彫られた古い文字や絵からは長い歴史を感じられた。

(天女様の絵かな？　かなり古い物なのに文字や絵はちゃんとわかる)

ときおり立ち止まりながらも、後ろから怜新に促されて本殿へと進んでいく。

途中、何人もの女性の使用人が頭を下げて道を譲ってくれて、その質素な衣服や荒れた手指から彼女たちがここの手入れをしているのだと気づく。

「随分と使用人が多いのですね」

建起が尋ねる。

「ええ、ここは広いですから。いつ天女様がまたご降臨なさってもいいように、本殿のみならず敷地内は常に清浄に……というのがここの決まりです」

「擢廉道士様はずっとこちらに？」

「はい。少年の頃からここで修練を行っております」

かれこれ四十年以上になると擢廉は言う。

「祈禱はすべて擢廉道士様がなさるのですか？」

「いえいえ、十五人の道士で交代しています。さすがに一人では」

ここには見習いを含め百人の道士がいるそうで、一人前と認められるにはおよそ十五年の月日がかかるらしい。

何かを極めるのは大変で、髪結師も道士も厳しい道のりだなと朱亜は思った。

「擢廉道士様は特に頼ってくる者が多いと聞きました」

「はい。ありがたいことに多くの方がいらっしゃいますので、私は特に信仰心の強い方々のご期待にお応えしております」

擢廉はさらりとそう述べ、朱亜は「つまりお金持ち担当か」と納得する。

（さすが私の給金五年分……）

ここへ来る前に、一体いくら詰んだのかと建起に尋ねたところ絶句するような金額を聞かされた。

櫂廉は最高位の道士なのでそれくらいかかるのだという。

(今回は心身と髪の健康を願う祈禱だけれど、人を呪うのは一体いくらするんだろう?)

もしも本当にこの櫂廉が孔春の依頼を受けて怜新を呪ったのだとしたら、普通の祈禱よりはるかに多くの金銭を受け取っているはず。

(呪術の代償は何なのだろう? 怜新様は呪術を使うには代償が必要で、さすがに死にたくはないから命は奪わず髪色を変えるに留めた……と言っていた。確かに、見たところ櫂廉道士が呪いの代償を受けて弱っているようには見えない)

朱亜は櫂廉の背中を見つめながら歩く。

あまりにじっと見過ぎていたため床の窪(くぼ)みにうっかり足を取られて転びそうになり、咄嗟に腕を伸ばした怜新によって支えられる。

「ひゃっ」

「危ない……!」

背後から腹部にがっしりと腕が回っているおかげで転ばずに済んだ。

「す、すみません」

「お嬢様、はしゃぎすぎではありませんか？」

「そういうわけじゃ……！」

別にはしゃいでいたわけではないが、怜新に冗談めかしてそう言われると恥ずかしさから頬が染まる。

「護衛の仕事はお嬢様をお守りすることですから、いくらでもどうぞ？」

「結構です」

何度もお嬢様と呼ばれるのがくすぐったくて落ち着かない。朱亜は怜新の腕を振りほどいて離れる。

二人を振り返った櫂廉は、床に視線を落として申し訳なさそうに告げた。

「これは失礼を。古い建物ゆえどうかお許しください」

「はい、もちろんです」

苦笑いでごまかした朱亜は、再び廊下を歩き始めた。

（壁画とか色々気になるけれど！　でも遊びにきたわけじゃないんだから、祈禱の最中もしっかり櫂廉道士を見張っていないと）

本当にここで怜新への呪いが放たれたのか？

それとも無関係なのか？

どんな些細なことも見落とさないように……と朱亜は気を引き締め直すのだった。

本殿には黄金の天女像が祀られていて、祭壇の上には天女の髪が納められているらしい銀細工の箱が置かれていた。

琵琶や鈴、銅鑼の音が響く中、祈禱は何事もなく終了し拍子抜けするほど何も起きなかった。

当然といえば当然だけれど、これではただ糴廉道士の祈禱を受けに来ただけである。

（あれが私の給金五年分の祈禱？　え？　本当に？）

火が燃え上がったり、風が吹いたり、もっと特別な何かがあると想像していた朱亜は混乱した。

（ここへ来る人たちはこれでもう安心だと納得できるの？　私が期待しすぎたのかな）

建起と怜新はこのようなものだとわかっていたようで、がっかりした様子はない。

朱亜は腑に落ちない顔で、本殿の建物を横目に皆に続いて立ち上がる。

「今宵は東の塔にお泊りください。どうぞごゆるりと」

「ありがとうございます」

糴廉道士は祈禱が終わると夜の修練があると言ってすぐにいなくなってしまった。

これでは話を聞くこともできない。

肩を落とした朱亜は、怜新たちと共に東の塔へと向かった。

五角形の大きな塔はまるで宿屋のように寝具や生活用具が揃っていて、遠方から訪れた信者に貸し出しているという。浴場はないものの、食事と水も円卓に用意されていて、一晩明かすだけなら十分だった。

「おまえは部屋から出るな。あとは建起と二人で調べる」

怜新はそう言って暗闇の中出ていってしまい、今は部屋に一人きり。

静かすぎて妙に居心地が悪い。

（無理について行っても邪魔になるだけってわかっているけれど、暇だな……）

寝台にごろんと寝転がり、ふと耳飾りの存在を思い出す。

寝るときくらいは外した方がいいだろうと思い、右手で耳たぶに触れたとき違和感に気づいた。

「え？」

がばっと身を起こし、寝台の上を見回してみる。

「ない……！　いつ落としたんだろう!?」

左にはまだ残っているが、右につけていた耳飾りがなくなっていた。

「寺院に到着したときにはあったはず……！　馬から下りたときに確認したから」

レンガづくりの道か、それとも本殿か、ここまで歩いてくる途中に落としたのか？

朱亜は必死に頭の中で今日通った道を思い出す。

「あ！　もしかして転びかけたとき……？」

本殿まで移動する際、あちこちに意識が向かっていたせいで転びかけた記憶がよみがえる。

怜新に支えられて転倒まではいかなかったが、あのとき右の耳飾りが飛んでいった可能性はある。

「捜さなきゃ！」

もらってすぐに失くすなんてあり得ない！

自分の迂闊さを嘆きながら、急いで部屋を出て本殿へと駆ける。

（あれは怜新様からもらった物なのに……！）

灯籠の灯りを頼りにまっすぐに本殿へと向かうと、裏口らしき木の扉を開いて今日通った廊下に入る。

誰もいない寺院は不気味で、踏みしめるたびに軋む板の音が不安を煽った。

薄暗い廊下で小さな耳飾りを捜すのは難しい。

「ない……」

中腰になりながら、本殿に続く廊下をくまなく捜す。けれど、耳飾りどころか埃一つ落ちていない。

ここではないのかと泣きそうな顔になっていると、本殿の扉が開いて若い道士が出てくるのが見えた。

「お嬢様？　どうかなさいましたか？」

「陸丹さん！」

到着したとき出迎えてくれた彼だった。

朱亜を見つめ、不思議そうな顔をしている。

「私、ここで耳飾りを失くしたみたいなんですが見ませんでしたか!?」

縋る心地で陸丹に詰め寄る。

彼は朱亜の勢いにやや押されて一歩引きながら、「いいえ」と答えた。

「廊下で落とされたなら、床拭きの使用人が拾っているかもしれません。それに本殿で落としたのならまだ誰も掃除をしていませんから残っているかも」

「本当ですか!?　今から入ってもいいですか!?」

「構いませんが、明日の朝でよろしければ見習いの道士たちで捜しておきますよ？」

「いえ、今すぐ見つけたいのです！　大切な物だから……！」

必死で頼み込めば、陸丹は快く本殿の扉を開けてくれた。

陸丹はこれまで祈禱に必要な紙の補充や楽器の手入れをしていたそうで、終わって出てきたところを朱亜と鉢合わせしたと話す。

「この扉は最後に出る道士が鍵をかけますので、ちょうどお会いできてよかったです」

「ありがとうございます」

「あっ、そちら段差がございます。暗いのでお足下にお気を付けください」

「何から何まで……ありがとうございます！」

陸丹はちっとも迷惑そうなそぶりを見せず、ずっと笑顔だった。

（何ていい人なんだろう）

朱亜は気遣いに感謝した。

本殿の祈りの間へやって来ると、陸丹が壁掛けの灯籠に灯りをつけてくれて大捜索が始まった。

這いつくばり、壁際や祭壇の手前まで目を凝らした。

「ないですね……やはり廊下で落とされたのでしょうか？」

「う～ん、本殿にも廊下にもないとなるとあとは外しか……」

「そうなると明るくなるまで待つしかないですね」

「はい。でももう少しここを捜してからにします。すみません」

二人がかりで捜しても見つからないとは。朱亜は落胆する。

怜新たちはまだこの寺院の中を調べているだろうか？　勝手に部屋を出てきたことを知れば怒るだろうなと今さらそんなことが思い浮かぶ。

（大事な物をすぐに失くすなんて、頼りないと思われるかも）

髪結師は信頼が第一だ。

いくら仕事に関係のないこととはいえ、失敗はなるべく知られたくない。

とはいえ耳飾りは見つからないまま、時間だけが過ぎていった。

「お嬢様……」

陸丹の心配そうな声が聞こえてくる。

これ以上、彼を引き留めるわけにもいかず朱亜はようやく断念した。

ため息をつきながら立ち上がったそのとき、扉がぎぃっと音を立てて開く。

陸丹と共に振り返れば、そこには櫂廉道士が灯りを手にしていた。

「あぁ、こちらにおられましたか」

その言葉から、櫂廉道士が朱亜を捜していたのだと察する。

「お嬢様が耳飾りを失くされたとのことで、共に捜しておりました」

「そうか。ご苦労であったな」

櫂廉は弟子を労(ねぎら)い、そして朱亜の方へ来て懐から赤い布を取り出した。それを開くと、中には朱亜が捜し求めていた耳飾りがある。

「これ……！」

「使用人が廊下で見つけたそうです」

「ありがとうございます！」

朱亜は耳飾りを受け取り、二人に頭を下げた。

「これほどの細工物はあまり見たことがございません。どなたかからの贈り物ですか？」

「はい。そうです」

燿廉に尋ねられ、朱亜は笑顔で頷く。

「もしやあの黒髪の護衛の方からでは？」

「え？」

朱亜は思わず言葉を失う。

燿廉の目はすべてお見通しだという風に光っていた。

「いえ、えっと……陶様からです。許嫁ですから」

建起からもらったということにした方がいいだろう。でなければ、設定の辻褄が合わなくなってしまうと朱亜は焦る。

しかし燿廉は含みのある笑みを浮かべて言った。

「私にお任せくだされば、お嬢様が望む未来を手にできますよ？」

「私が望む……？」

耳飾りを握り締め、朱亜は燿廉を見つめる。

「実は『祈禱』には様々な種類がございまして、お望みであれば邪魔者を遠ざけることとができますよ」

「邪魔者とは」

　まさか建起様のことを言っている？

　許嫁を遠ざけて、護衛と幸せになれる方法があると？

　朱亜は緊張感からごくりと生唾を飲み込む。

「その髪を失わせ、それを理由に破談にするとか……」

「髪を!?」

（建起様の髪が脱毛の危機に!?　絶対にやめてあげて……）

　上流階級の間では「髪が減ったから」とか「理想の髪質じゃないから」という理由で破談になることはわりとある。だからこそこの国の民は髪や容姿に気を遣うのだが、意図的に相手を傷つけて破談を狙うのは想定外だ。

「あなたは実はあの護衛の方がお好きなのでしょう？　目で追っていたのがわかります。道ならぬ恋とは燃え上がるものですから」

「ええっ!?」

　櫂廉は、今日の様子を見てそうだと確信しているようだった。

　ずっと見て見ぬふりをしてきた自分の気持ちを、たった一度会っただけの道士に見抜かれるなど朱亜は衝撃で卒倒しそうになる。

（どうして？　きちんと護衛とお嬢様を演じていたのに！）

怜新を目で追っていたとは無意識で、でも指摘されれば確かにそうだと自覚する。

（私が怜新様を好きだなんて……）

顔を赤くするだけで何も答えられずにいると、さらに櫂廉は続けた。

「目はごまかせません」

「……以後気を付けます」

本当に気を付けなければならない。

（髪結師として怜新様のそばにいるには、恋心なんてきっと邪魔になる）

俯く朱亜を見て、櫂廉は笑った。

「ははっ、何もそう深刻に受け止める必要はございません。あなたの願いを叶えるのはすべて天女様なのですから」

「天女様が……？　でも祈禱をするのは櫂廉道士様ですよね？」

（天女様のせいだと思えば罪悪感は減るってこと？）

到底、納得できなかった。

でもここは呪術について聞き出す好機だと、あえて話に乗ってみることに。

「天女様のお力を借りれば……邪魔者の髪を失わせたり、白髪に変えたり、命を奪うことすらもできるのですか？」

遠慮がちに、でも興味津々といった風に尋ねてみれば、櫂廉は力強く「はい」と言った。

「それ相応の対価をいただきますが、可能ですよ」

「っ！」

やはりただの祈禱だけでなく、呪術も引き受けているのだ。

朱亜はまっすぐに櫂廉を見て質問を続ける。

「私にその対価が払えるでしょうか？」

「その耳飾りで十分です」

「これ……？」

手のひらにある耳飾りに視線を落とす。

（ああ、私がお金を持っていると判断したから取引を持ちかけたのか。確かにこんな高価な耳飾りをつけて出かけられるほどのお嬢様なら、ほかにもお金や宝石を持っている可能性が高いし、今後もいい客になりそうだと見込まれたんだな）

本当の朱亜にとっては、払えるような金額ではないけれど。

（え、待って。これってやっぱりそんなに高いの!?）

わかっていたつもりが、呪術の対価になるほどの金額なのかと思うとぞっとした。

（いやいや今はそんなこと考えてる場合じゃない！）

頭を切り替える朱亜。

ここでずっと黙っていた陸丹が恐る恐る口を挟んだ。

「あ、あの……そのような願いはいけないと思います」

「おまえは黙っていなさい」

「しかし！」

どうやら陸丹は櫂廉のしてきたことを知らないようだ。

顔が強張っていて、怯えた目をしている。

（しまった、何も知らなかったのに巻き込んでしまった）

でももうどうすることもできない。

朱亜は話を続ける。

「本当に願いは叶えられるんですか？　何でも？」

「はい」

「どのようにして？　高いお金を払って失敗しました、っていうのは困るわ」

「では私の実績をお見せいたしましょう」

櫂廉はすぐさま踵を返し、祭壇の方へと歩いていく。

朱亜と陸丹は視線で彼を追いかけた。

祭壇の奥に隠されていた赤い縄を掴んだ櫂廉は、それを力強く引く。するとガタッと大きな音がして祭壇の下部に隠し扉が出現した。

「なっ……」

初めて見る仕掛けだったらしく、陸丹は目を見開いて言葉を失くしている。

櫂廉は自信たっぷりの表情で朱亜に告げた。

「こちらをご覧ください。私が長年にわたって手がけたまじないです」

「これは……人形？」

祭壇の下には、木彫りの人形がいくつも置かれていた。

いずれの人形も胴体には依頼主の名前が彫られていて、頭部にはその人の物と思われる髪がぐるぐると何重にも巻き付けてある。

新しい物もあれば木が乾いて割れている物もあり、おどろおどろしい雰囲気だ。

丸い目に、うっすら笑っているように見える口元が不気味だった。

「っ！」

（怖い!!　私は髪の毛大好きだけれどこれは違う！　怖すぎる！）

あまりにも異様な人形たちに、呪術を依頼した人たちの怨念が渦巻いているように感じられた。

これだけの数の人々が誰かを呪ったのかと思うと、背筋が凍るような心地だった。

陸丹は見るからに青褪めていて、「うっ」と声を漏らし口元を手で覆っている。

「これはすべて櫂廉道士様が？」

「はい、特別な願いを叶えてきました。その証です」

頼んだ者が悪いのか、それとも術を使った櫂廉が悪いのか。

皆の願いを叶えてやったのだと言う櫂廉からは、一切の罪悪感が見受けられない。

「こ、こんなに……さぞお疲れになったことでしょう？　まじないには代償が必要だと聞いたことがありますが、櫂廉道士様はどうしてお元気なままでいられるのです？」

声が震えていた。

櫂廉は朱亜に感心したような目を向ける。

「ご存じでしたか？　博識で何よりです」

うまくはぐらかされた、そんな気がした。

でも、否定しないということは何らかの代償は必ず必要であり、でも櫂廉はそれから逃れる方法を知っているのだ。

（あの人形を全部調べれば、孔春殿下の物も出てくるかもしれない。……どうしよう。いったん部屋に戻って怜新様と建起様と相談しなきゃ）

知らず知らずのうちに冷や汗が流れる。

朱亜が悩んでいる間に、櫂廉は人形の入っている扉を閉めて何事もなかったかのようにこちらへ戻ってきた。

「陸丹、おまえももう十五だ。知っておくべきときが来たと思え」

「……そんな」

彼の困惑と失望が伝わってくる。

心優しい陸丹は、今の今までまじめに精進していたのだろう。信じていた者に裏切られた姿がとても憐れで、見ていられなかった。

しかし櫂廉は厳しい声音で彼に告げる。

「おまえが耐えられないのであればそれも致し方あるまい。残念だがな」

その目があまりに冷たくて一瞬で悪寒が走る。

（何……？　陸丹さんをどうする気？）

まさか破門して追い出すのか？　そんなことが思い浮かぶも、その目には明らかな敵意が宿っている。

（もしかして……！）

最悪の想像が頭をよぎる。

（呪術の代償を陸丹さんに肩代わりさせるとか？）

考えたくないが、あり得ないとも言い切れなかった。

（早く怜新様に伝えなければ）

朱亜は、一歩前に出て陸丹と櫂廉の間に割って入る。

「道士様のお力は理解いたしました！　とっても素晴らしいと思います！　とはいってもすぐには決められませんので、一度考えるお時間をいただいても？」

わざと明るい声で前向きに検討している風を装う。

お願いだから今は見逃してほしい。

朱亜は笑顔で櫂廉を見た。

「こういうことは早い決断が大切です」

「え？」

「今ここでご決断いただければ、今夜のうちに術を放ちましょう。あなたは速やかに幸福を手に入れられますよ？」

じりじりと近づいてくる櫂廉が恐ろしく、朱亜はどんどん後退していく。

「おやめください！」

「陸丹さん」

「そのような決断を急かす必要はないはずです！　皆がよきようになる道はほかにもあるはずですから、どうか早まらないでください」

しかし陸丹の言葉は届かなかった。

櫂廉はぎろりと彼を睨み、その襟元を摑んで凄む。

「おまえは私に逆らうのか？」

「うっ」

苦しげな陸丹の表情に、朱亜は慌てて櫂廉の腕に摑みかかった。

「離してください！　彼はただ私のために……！」

朱亜まで歯向かったことで櫂廉の苛立ちは増し、乱暴に振り払われる。

「お嬢様！」

「痛っ……」

床に倒れ込んだ朱亜は、咄嗟に腕だけはと守ろうとして頬骨を思いきり打ち付けてしまう。あまりの痛みに涙がじわりと滲んで、床に手をつけばよかったと少しだけ後悔した。

(何で私がこんな目に！)

怒りが込み上げてきて、思わず天に叫んでいた。

「怜新様！　ここに悪い人がいます、早く来てください!!」

「!?」

こんなに大声で叫んだのは、牢獄されたとき以来である。

いきなり叫び出した朱亜を見てぎょっと目を瞠った櫂廉は、苛立った様子で朱亜に近づいてくる。しかし大きな音を立てて扉が蹴破られる方が先で――。

「朱亜！」

「朱亜様!?」

黒い扉が床に転がっていて、怜新と建起が息を乱して立っていた。

(え？　まさかこの扉、建起様が？)

二人の顔を見てほっと安堵すると同時に、常人では到底できないような荒業に驚く。

櫂廉と陸丹も呆気に取られていて、その隙に建起が刀を手に前へ出る。

「うっ……」

「動いたら斬ります」

切っ先を突き付けられた櫂廉は、とても逃げられないと悟りぐっと押し黙る。

陸丹はその場に膝をついて崩れ落ち、青褪めた顔をしていた。

「朱亜、無事か？」

駆け寄った怜新が朱亜の隣で屈む(かが)と、その腕で背中を支えてくれる。

打ち付けた肩や頬が痛むが、怪我というほどのことではないと思った瞬間に怜新の目が大きく見開かれた。

「おまえ……！　頬が腫れている」

「ああ、はい。でも大丈夫です」

「あいつに殴られたのか？」

「え？」

違いますと否定するよりも怜新が櫂廉に向かっていく方が早く、鈍い靴音が祈りの間に響く。

「今すぐ首を落としてやろうか」

「ひっ」

左手で櫂廉の襟を摑んだ怜新は、柳葉刀(りゅうようとう)を突き付けた。

その場が凍りつくような恐ろしい声音に、朱亜は慌てて駆け寄る。

「怜新様！　私はこの人に殴られたんじゃありません！」

「では誰にやられた？」

「誰にって……」

殴られてはいないが、振り払われて転んだのだから結果的に『櫂廉のせい』である。

正直に話すと怜新が本当にここで斬り捨ててしまうのではと思うと、話すのが躊躇われた。

そのとき、襟を摑まれていた櫂廉がくぐもった声で呟く。

「れい……しん？」

朱亜はぱっと勢いよく櫂廉の顔を見る。

(しまった、気づかれた!?)

「まさか第三皇子」

信じられないといった顔で愕然とする櫂廉。その反応はまるで化け物にでも遭遇したかのようだった。

「ひっ、ひぃぃぃ！　助けてくれ！　私は何も……どうか命だけは！」

「？」

どうしてこんなに怯えているのか？

怜新も理解できないといった風に目を細める。

（捕まるのを恐れている？　でもそれにしてもおかしい）

目の前の怜新に対し、得体の知れない恐怖を感じているみたいだ。

ここまで恐れおののく理由がわからず朱亜は困惑する。

「助けてください……！」

怜新がその手を離すと、櫂廉は床に額がつくのも構わず頭を抱えて体を丸めた。

このままでは埒が明かない。

三人の間には呆れた空気が漂う。

念のために道士の腕を拘束した建起は静かに尋ねた。

「櫂廉。第三皇子怜新様に呪いを放ったのはおまえだな？」

「…………い」

震えているせいでよく聞き取れなかったが、何度も頷いているので認めているのはわかった。

「依頼主は魏家、および第二皇子孔春で間違いないか？」

燿廉は再び大きく頷いた。

そして床を見つめたまま、大量の汗を流した状態でかろうじて声を発する。

「わ、私は、その……」

この期に及んで、燿廉はまだ言い逃れしたいように見えた。

「怜新様、証拠はこちらにあります」

朱亜はさっき燿廉がしたように祭壇の奥の縄を引き、隠し扉を開く。

中には髪を巻き付けた木彫り人形がたくさん入っていて、今すぐにはどれが怜新を呪った物なのか判別できそうになかった。

「これはすべて証拠として宮廷に持ち帰ろう」

「そうですね」

怜新は再び燿廉の方を向く。

「……おまえは私を殺せと依頼されたのか？」

証拠が見つかってしまってはもう言い逃れできないと諦めたのか、燿廉はがくりと項垂れてついに認めた。

「は、はい……第二皇子殿下の使いより、あなた様を亡き者にしろと依頼されました」

「……？　呪い殺せと依頼されたのか？」

「そうです」

怜新も建起もおかしいと感じているようだった。

朱亜もまた、予想外の供述に眉根を寄せる。

（第二皇子の依頼は怜新の髪色を変えろという内容ではなかったの？）

けれど、第二皇子は怜新暗殺を櫂廉に依頼していた。

「おまえの言うことが本当なら、なぜ怜新様は生きているのだ？　すべてを話した方が身のためだ」

建起がやや乱暴に櫂廉の襟元を摑んで問いかける。

「ひぃっ！」

櫂廉は怯えながらも話を続けた。

「……殺そうと……殺そうとしたのになぜかうまくいかなかったのです！　こっ、これまで術が失敗したことはなく、それなのになぜか第三皇子殿下は生きていて……！　それで、魏家からは『報酬は払わぬ』と言われてしまい連絡は途絶えて……」

魏家からもらったのは前金のみ。怜新が死ななかったので出し渋ったという。

（それで世間知らずのお嬢様に見えた私に取引を持ちかけたのか。もっと金を稼ぎたくて……）

朱亜は呆れた目で櫂廉を見下ろす。

「私の術は完璧だったんです！　こんなことは初めてで……あなた様がここに現れたのは、神の怒りを買ったのではと」

だからこれほど怯えているのか。櫂廉は自分の術に絶対的な自信を持っていたから、なおさら恐ろしく感じたのだろう。

「私は失敗などしていない、決して！　どうして……どうして……」

「でも櫂廉道士は元気に生きていますよね？　術の代償はどうしたんですか？」

朱亜の問いかけに、櫂廉が答えることはなかった。どうやら言いたくないらしい。

すると彼を押さえていた建起が怒りを孕んだ声で言う。

「他人の命を差し出したのですね？　ここで働いていた女性たちを」

「っ!!」

櫂廉は否定せず、黙って下を向いていた。

「ここには身寄りのない女性や子どもが多数働いています。表向きは善意で雇っているこ とになっていますが、あまりにも失踪者が多い。魏家に金を借りて返せなくなった者もここで世話していますね？　最初は他国へ奴隷として売っているのかと疑っていましたが、呪術の代償だったとは」

怜新への呪いも誰かが犠牲になっていた。

自分では何の代償も払わず、何の罪もない人たちにそれを押し付ける方法に朱亜は心底ぞっとした。

項垂れる櫂廉はカタカタと小刻みに震えていて、今なお怜新に怯えている。そこに反省の色は見えず、ただただ己の身かわいさに天罰を恐れているように見えた。

（なんて醜い）

話を聞けば聞くほど心が冷えていく。こんな気分は初めてだった。

「……怜新様の御命が助かったのは、破邪の鏡が役立ったということでしょうか？」

銀髪になったとき、割れていたという鏡の存在を思い出す。

しかし怜新は険しい表情のまま言った。

「あれのおかげで死なずに済んだのだろうが……だとしても髪については説明がつかない」

祈りの間に沈黙が流れる。

しばらくして突然怜新が振り返り、祭壇の方を見た。

「怜新様？」

朱亜の呼びかけに答えはなく、彼は再びあちらへ歩いていく。

そして髪を巻き付けた人形を手にし始めて、何かを探している。

（さきほど持ち帰ると言ったばかりなのに……今ここで確かめる必要が出てきた？）

朱亜が隣にしゃがみ込んでも、怜新は脇目も振らずに手を動かしている。これでもないあれでもないと、人形の裏に彫られた名を確認しているようだ。

「あの……誰の名をお探しで？」

「可楊(かよう)。もしくは偉家の者の名を」

（第二皇子や魏家の関係者ではなく？）

そんな疑問を抱くも、今は質問よりも手を貸すべきというのはわかった。

「私もお手伝いします」

朱亜は疑問をひとたび忘れて、怜新と共に人形に彫られた名を懸命に確認していくのだった。

【六】 真実は塗り替えられる

宮廷には大小五つの庭がある。

中でも東の公寿園（こうじゅえん）は広大で、広い池に面した四阿から見る景色は殊の外美しい。

薄青色の襦裙を纏った朱亜は、丸い扇を手に怜新の隣に座り池に浮かぶ蓮の葉を眺めていた。

「失礼いたします」

そこへ一人の男が姿を見せる。

丞相の偉慶心だった。

「お呼びと伺いましたが、寵妃様までいらっしゃるとは……」

彼は後ろに控える建起を見てから朱亜を一瞥してそう言った。

朱亜の身分はあくまで怜新の心次第であり、丞相と同席できるほどの地位にはない。

だから「なぜこの娘がいるのだ」と不快に思ったのだろう。

でも怜新は構わず「座れ」と命じ、丞相もまた黙ってそれに従った。

朱亜はじっと丞相を見つめ、その表情から少しばかりの緊張を感じ取る。

（ああ、この方はやはりご存じだったのだ）

なぜここに怜新が偉丞相を呼び出したのか？

きっと彼はわかっていると直感する。

四阿には四人だけ。護衛の者は声の聞こえない距離に遠ざけ、誰にも話が漏れないように注意を払った状況で怜新は話を切り出した。

「いつから知っていた？　私が本当は赤髪でないという事実を」

「…………」

怜新もまた丞相の反応から「知っていた」と気づいたらしい。

単刀直入に尋ねる。

(怜新様の銀髪は生まれつきだった。この方の髪は本来の状態に戻っただけだった)

あのあと高神韻寺院で見つけたのは『可楊』という名の彫られたとても古い人形で、その名は怜新の母、美欧妃のかつての名前だと聞いた。

(怜新様に最初の呪いをかけたのは実の母君。我が子を赤髪と偽るためにまじないを頼った)

朱亜は書閣で調べものをしていたとき、赤髪の継承について疑問を口にしたことがあった。

遺伝しにくい赤髪がよく何代にもわたり継承してこられたと、不思議に思っていたのだ。そして、これまで赤髪とされてきた皇族の男児は、果たして本当に赤髪だったのか？　とも……。

（まさか怜新様がそうだとは夢にも思わなかったけれど）

奇しくも予想は当たっていたのだ。

こんな形で知りたくはなかったと朱亜は視線を落とす。

丞相はしばらく黙っていたものの、観念した様子で重い口を開いた。

「——怜新様がお生まれになったときからです」

義妹のついた嘘をずっと知っていたのだと丞相は認めた。

怜新はぎゅっと拳を握り締め、行き場のない怒りや虚しさを堪えているようだった。

「美欧を後宮へ入れ、陛下の寵愛を受けるところまでは順調でした。生まれた赤子が男児だと聞いたときも、喜び勇んで宮へ向かいました。しかしながら……」

「赤子は皇族の色を受け継いでいなかった」

「ええ、私は愚かにも激高しました。なぜ赤髪の男児を産めなかったのかと美欧を責めたのです」

子の髪や瞳の色彩は誕生するまでわからない。自分で選べる物でもないし、責められたとしてもどうしようもない。

（さぞつらかっただろうな……）

養女として偉家に引き取られ、後宮という女の園で必死に生き抜き、どうにか子を産んだ美欧妃は義兄に責められ追い込まれたのだ。

その結果、禁忌を犯した。

朱亜は怜新の母を追いつめた丞相に怒りを覚えたが、怜新は少し違うようだった。

「なれどおまえに責められてすぐ呪術に手を染めるというのはあまりにも動きが早すぎる。思うに、母は私を産む前から髪色を変える呪術について調べていたのだろう。いざとなればそれを使えるように」

「……おっしゃる通りにございます」

数日後、再び美欧妃に呼び出された丞相は、見違えるほど赤い髪をした赤子と対面することになった。

そのときの衝撃は今でも忘れられないと言う。

「何もかも遅かった。私はもう後戻りはできないと思いました。青白い顔で赤子を嬉しそうに見せてくる美欧はすでに正気に見えず、『私に何かあればこの子を守ってやってください』と笑いかけられれば断ることなどできませんでした。すべては私が招いたことですから」

その時点でようやく自分がいかに義妹を追い詰めていたかに気づいたらしい。

(丞相が真実を皇帝陛下に告げたとしても、最悪の未来しか見えない……)

偉家のため、義妹のため、そして生まれたばかりの赤子のためにはすべてをなかったことにするしかなかった。

(髪色を偽るのは大罪。露呈すれば母子はもちろん偉家も処罰を受ける)

見て見ぬふりを貫くのが最善だったと朱亜にもわかった。

丞相は悔しげな顔で目を閉じる。

それを見ていた怜新はすべて合点がいったという風に息を吐いた。

「物心ついたときから、母はずっと病に臥していた。原因不明、回復の見込みはなく少しずつ弱っていくのをただ見ていることしかできないのは苦しかったが……あれは呪いの代償を受けていたのだな」

我が子に髪色を変えるまじないをかける。

代償はさほど大きなものではないが、ずっと呪いをかけ続けているのだからその重みは年々増していき、母君は去年ついに命を落とした。

(代償を自身で負ったのは、せめてもの償いだったのかな。今となってはもうわからないけれど)

怜新に代償が及ばなかったのが不幸中の幸いだ。

「おまえは朱亜が髪結師であることも気づいていたな？」

「え!?」

これには思わず声を上げてしまった。

怜新の顔は自信ありげに見えるし、丞相の方も視線こそ卓に落としているが否定しない。

「朱亜が後宮に勤めていた痕跡を私以外の何者かも消そうとしていた。おまえ以外にそんなことをする人間は思いつかない」

「わざわざ隠して……？　そもそもいつから知って……？　知っていたのに、放っておいてくれたってことですよね？」

朱亜の疑問に答えたのは怜新だった。

「丞相は寵妃の素性を調べた。けれどなかなか調べがつかない。私が徹底的に隠したからだ。しかし、偉家の情報網はそうごまかせるものではなかったらしい」

呪いのことを知っていた丞相は、義妹が亡くなったことで「いつ怜新が銀髪に戻るのか」と恐れていた。

「髪結師を寵妃にしたと知り、この男は悟ったのだ。朱亜が私の髪を染めていると」

何も知らなければ髪結師を妃にするなど物好きなだけと思われるはず。

けれど怜新の髪が偽りだと知っている丞相なら、突然連れてきた寵妃が髪結師だとわかれば真実にたどり着く。

「丞相様は怜新様のために秘匿してくださったんですか」

「違うな。己のためだろう。私が赤髪でないとずっと知っていたのに隠してきたのだから、今さら公になっては困る」

　怜新は淡々と言い放った。

（それはそうなんだろうけれど、伯父としての愛情とかそういうので隠してくれていたっていう可能性はないのだろうか？）

　丞相は何も言わなかった。

　その様子から、ここで「あなた様のためです」と訴えたところで誰も信じないと諦めているのかもしれないと朱亜は思った。

（怜新様に冷たい丞相と思われて、慕われないのも自分への罰と思っている？）

　美欧妃が呪いに手を染めるきっかけを作ったのはこの人だ。でも、今の丞相はほんの少し憐れに見えた。

「やはり今のお姿はその娘が……」

「ああ、そうだ」

　怜新の赤髪をまじまじと見た丞相は、少し疲れた顔でふっと笑った。

「腕のいい髪結師が見つかってよかったです。本当に」

　朱亜のことは無視しているように思えた丞相だったが、ここで初めてこちらを見た。

　しかも『腕のいい髪結師』と言った。

　意外な言葉にきょとんとする朱亜だったが、すぐにお礼を述べる。

「ありがとうございます。丞相様も白髪が気になるならお手伝いいたしますよ」

「おい」

何も本気でそう言ったわけではないのに、怜新があからさまにむっとしている。

「おまえは私の髪結師だ。ほかへ行こうとするな」

出張すらさせてくれないのかと、朱亜は思わず苦笑いになった。

怜新の髪は今日も艶やかで、美しい赤に染まっている。

(こんな仕事ができるのは私しかいませんよね)

心の中で自画自賛をした後で、朱亜は怜新の銀髪についてふと思い出して尋ねた。

「結局、突然銀髪に戻ったのは一体何だったんですか？」

「おまえ……！　説明しただろう！」

寺院からの帰りに聞いた気もするが、あのときは情報が一度にたくさん入ってきすぎて完全に理解できなかったのだ。

朱亜はごめんなさいと謝りながらも再度教えてくれと頼む。

「母が亡くなり、最初の呪いが弱まったのだ。そこへ次の呪いが放たれて、破邪の鏡だけでは避けきれず私は呪いを受けた」

呪いは二重にはかけられない。

怜新の身に降りかかった二つの呪いは、相殺して無に帰した。

「つまり何の呪いもなくなって本来の状態に戻ったと？」

「そういうことだ」

ふむふむと納得する朱亜だったが、ここではっと気づいて目を瞠る。

「ということは、今の怜新様は無防備な状態ですよね!?」

朱亜はさっと血の気が引くような心地になる。

自分がつけている耳飾りを急いで外すと、怜新ににじり寄った。

「早く！　早くこれを！　私なんかよりずっと狙われやすいんですから早く耳飾りをつけてください！」

「落ち着け」

「一生に二度も呪われるなんてそんな人いませんよ!?　まだ即位の儀も終わっていないし、のんびりしていたらまた……！」

迫る朱亜の両の手首を押さえ、怜新は冷静に諭す。

「もう櫂廉は捕らえた。孔春と魏家の者たちも今頃拘束できていることだろう」

「今ですか？」

ここで会話をしている間にも、第二皇子の宮や魏家の屋敷に武官が出向いていると言う。

「寺院にあった人形の中には、孔春の側近の名が彫られていた物があった。孔春に命じられて代わりに依頼したのだろう。これだけでも踏み込む理由にはなる」

寺院から戻ってきたのは一昨日だというのに、随分と早い対応だった。

（あまり時間をかければ櫂廉道士が捕縛されたことに気づかれるかもしれない。逃げられる前に動けたのは大きい）

これで少しは平穏な日々が送れる。そう思った朱亜は再び怜新の隣に腰を下ろし、ほっと胸を撫でおろす。

しかし丞相は険しい顔つきで言った。

「孔春殿下は隣国との親交を深めていました。おそらく、怜新様を排除したのちご自身が即位した暁には隣国の公主様を皇后に据えるつもりだったのでは……と」

国家間の政略結婚はよくある話だが、帝位簒奪(さんだつ)を狙う第二皇子が水面下で話を進めていたとは恐ろしい。

ただし驚いていたのは朱亜だけで、怜新はそれも見越していたようだった。

「父上があんな風に亡くなったのは、孔春にとっても計算外だったはず。私を始末する前に皇帝が死去すれば自分の順番が回ってこない」

「今のままでは怜新様が次期皇帝ですし、第一皇子殿下もいらっしゃいますからね」

「国内の貴族をじわじわと金貸しで追い込んでいって支持者を増やして帝位を奪うつもりが、突然の帝位交代で計画が狂ったのだろうな」

書閣で会った孔春は、そんな焦りから朱亜に接近したのかもしれない。怜新への人質にするために――。

(あんな自分本位な人間が皇帝にならなくてよかった)

いくら孔春が無実を訴えても、少なくとも永久蟄居(ちっきょ)は免れない。

これからも何が起こるかわからないけれど、孔春がいなければ即位の儀は無事に終えられそうだ。

(もう二度と呪いなんて使われなければいい)

一区切りついたような心地でいる朱亜に、丞相が急に改まって声をかけてきた。

「向朱亜」

「はい」

「これからも怜新様のことを任せられるか？」

「ええ、それは当然お引き受けいたします。即位の条件に変わりはないんですよね？」

怜新は銀髪のままだ。この先も地毛が赤髪になることはない。

ところが朱亜は「引き受ける」と即答してからあることに気づいた。

「あれ？　でも怜新様の後宮ができたら私は……？」

寵妃のふりは継続するのか、それとも髪結師として仕えるのか？

朱亜は首を傾げる。

「後宮？　何の話だ？」

　怜新は目を眇め、少し怒った声音で顔を寄せる。

　ふいに近づかれ思わずどきりとした朱亜は、背を仰け反らせて少しでも離れようとした。

「いえ、その……即位なさったらいよいよ本当のお妃様を迎えるのかなと」

「はぁ？」

　怜新は次期皇帝なのだ。

　実は赤髪でないとはいえ、今さらその地位を降りられるわけがない。朱亜が怜新の髪を染めていると大臣らに露呈しない限り、彼は予定通り即位できる。

（丞相様は秘密を守ってくださるだろう。だから何も問題はない）

　怜新にこれまで妃がいなかったのがおかしいのだ。

　代々の皇帝陛下には多数の妃がいて、怜新もいずれそうなるのだと朱亜は思った。

「頃合いを見て、偽者の私は髪結師に専念するのがよろしいかと」

　胸が痛むのは気のせいじゃない。

　自分が怜新をどう思っているのかはとっくに気づいていた。

　見て見ぬふりをしようとしていただけで、でもそれはできなかった。

（私は怜新様が好き。でも髪結師をやめられない。だからこれが一番いい）

今ならまだ心から怜新の幸せを願えるし、怜新だってわかってくれるはず。

精一杯の笑みを浮かべ、「自分はあくまで髪結師なのだ」と主張する。

しかし怜新はそんな朱亜の意図をわかった上で、ぎゅっと朱亜の右手を握って言った。

「私の妃はおまえだ」

「っ！」

まっすぐに見つめられれば、目を逸らすことができなかった。

心臓がどくんと大きく鳴り、体が熱くなる。

一歩も引く気がないという怜新の意志が伝わってきて、朱亜は何も言えなくなってしまった。

丞相もまた困惑しているのが伝わってくる。

怜新は朱亜の手を握ったまま、丞相を見て意地の悪い笑みを浮かべた。

「どうせなら盛大な嘘をつこうと思う。これまでの償いとしておまえにも大いに手を貸してもらう」

「一体何をなさるおつもりで……？」

丞相に拒否権などない。

怜新の提案を断れば、自身や一族の破滅に繋がるのだから。

(あぁ、この状況は覚えがある)

丞相の姿がかつての自分と重なった。

冬の月のように煌めく銀髪姿の怜新から『私の髪を、赤に染めてくれ』と言われたとき、この人からは逃げられないと覚悟した。

「丞相様、私たちはもう諦めた方がいいみたいです」

抵抗しても無駄だと脱力した朱亜は、満足げな笑みを浮かべた怜新に抱き寄せられる。これまで知らなかったぬくもりに、不覚にもずっとここにいたいと思ってしまった。

「悪いようにはしない」

「本当ですか？　信じますからね？」

その盛大な嘘とやらで、これからどうなるのか？

不安はあっても信じてみたいと思い始めていた。

どこまでも高く、澄んだ青が広がる秋の空。

赤と黒の正装を纏った怜新が城壁の上に現れた。

赤髪は高い位置で結い上げ、冕冠を被って民衆の眼前に立つ。

隣にいる朱亜も結い上げた髪を金冠で留め、朱色の襦裙といった妃らしい姿でいた。

あちこちから歓声が上がり、二人は笑みを浮かべている。

（頬が攣りそう……！）

慣れない大観衆の前で緊張しっぱなしで、すぐにでも下がりたいと思っていた。

一方で、怜新は堂々たる態度で皇帝の威厳を保っている。

「私の朱鳥はただ一人。これで民衆も喜ぶだろう」

「ははは……だといいですね？」

見たところうまく騙せているらしいが、朱亜の気持ちは落ち着かない。

「今のおまえは次期皇帝を救った救世主だ。羨望の眼差しを向けられているのがわかるだろう？」

「わかりたくないです」

事の顚末は盛大に誇張されて広められた。

孔春は捕縛され、今は怜新暗殺未遂の罪で投獄されている。

魏家の悪事も予想以上に様々な証拠が上がってきて、関係者をどこまで処罰すべきかと怜新と丞相の方が頭を悩ませるくらいだった。

——第二皇子は呪術で国を手に入れようとしていたそうだ。

──お妃様は、その深い愛情で呪いから怜新様を守ったと。真の『朱鳥』であられる！

そんな噂が宮廷から首都へと駆け巡り、次期皇帝の寵妃様は一躍有名になってしまった。すべて怜新の考えた通りである。

（朱鳥って鳥じゃなくて『運命の伴侶』だったのか）

それを知ったのは、即位の儀の少し前だ。

存在を知らしめるために宮廷をうろうろしていたら、やけに朱鳥という言葉が飛び交っていて建起に尋ねたところ「鳳凰が唯一愛する存在です」と説明されたのだ。

貴族の家に生まれれば歴史や伝承を学ぶ機会があるため、官吏や武官なら誰でも知っていることだと言う。

『鳳凰は唯一無二の番である朱鳥を愛でる。その絆の深さは何にも勝り、周囲に繁栄をもたらす』と、そんな伝承があるらしい。

「朱鳥がそばにいるのにさらに妃を娶るなど、この大歓声の後でできるわけがあるまい」

「怜新様、悪い顔になっていますよ!?」

朱亜は慌てて怜新の袖を引く。

「本当に後宮を持たないおつもりですか？」

丸い扇で口元を隠し、朱亜は尋ねた。

(四阿での話し合いで、怜新様は後宮を持たないと宣言なさった。「子が生まれたとき誰も赤髪でなければ疑念を抱く者が現れるから」とそんな理由をつけて……)

たとえば妃を複数娶り、彼女たちとの間に十人の子が生まれたとして一人も赤髪が受け継がれなかったら?

いくら赤色が遺伝しにくいといっても「どうして?」と疑問を抱く者が現れるかもしれない。かといって、赤髪の子が生まれる可能性がゼロとは限らず、将来のことは誰にもわからないのだ。

丞相もかなり渋ったが、結局は怜新様に協力するしかなかった。

あのときの丞相の苦い顔は忘れられない。

(後ろめたいことがあると逆らえなくなる。教訓にしよう)

あまりに可哀そうに見えたので、髪に優しいと言われている黒胡麻やクコの実を混ぜた調味料を送っておいた。

「言っただろう? 私の妃はおまえだ。ほかに欲しいものはない」

恥ずかしげもなくまっすぐに目を見てそう言われれば、朱亜は黙るしかない。

こんなはずじゃなかった。そう思う気持ちは未だにあるけれど、怜新が後宮を持たずに自分だけをそばに置いてくれるというのは堪らなく嬉しい。

（後宮がなければ仕事にならないと思っていたのになぁ）

怜新は、朱亜が女性の髪も結えるように計らうと約束してくれた。

まだ嫁いでいない公主や高位の女官たちのところへ素性を隠して髪結師として訪れ、その髪を結えるようにしてくれると言う。

怜新の赤髪を偽装するのが主な役目であることに変わりはないが、女性たちの髪にまた触れられるならば髪結師としての自分を捨てずに済む。

（まさかすべて叶えてくれるとは……）

選択の余地などない強引さはあるものの、結局は朱亜の望みを叶えてくれるのだから優しい人だと思う。

「私はこれからも国に身を捧げなければならない。妃くらいは好きに選ばせてもらってもいいだろう？」

「怜新様……」

「ははっ、ちょうどいい鎖があってよかった。おまえを繋いでおける」

「ほかに言い方があるでしょう!?」

たった今、優しい人だと思ったばかりなのにと朱亜は苦笑いになる。

見上げれば赤い髪が空に映えその美しさに思わず見惚れ、まるで時が止まったかのように感じられた。

赤髪でなければ帝位を継げないなどばかげた決め事だと思ったけれど、そのおかげで自分たちは出会えたのだ。それにはほんの少しだけ感謝した。

肩を抱かれて寄り添えば、自然に笑みが零れる。

「籠の鳥も悪くないですね。怜新様の寵妃なら」

これからもずっとここで生きていく。

髪結師として、妃としての人生が末永く続けばいいと願った。

まだ歓声が続く中、建起と玉永に付き添われて建物の中へと戻っていく。お披露目はこれにて終了で、やっと肩の荷が下りたと朱亜は大きく息をついた。

怜新に手を引かれて宮廷へと戻る途中で、はっと気づいた朱亜が大きな手を引いて話しかける。

「そういえば今夜も紅麗宮へ来てくださるのですか？」

目を輝かせる朱亜を見て、怜新は少し驚いた顔をした。

こうして朱亜から予定を尋ねたのは初めてだった。

「おまえが私に会いたいと言うなら」

「はい！　ちょっと試したいことがあるんです」

「一体何をする気だ」

怜新の目元が引き攣る。

だが朱亜は興奮ぎみに彼の手を摑んで言った。

「色褪せを防ぐために新しい薬剤を考案したのでそれを試したいですし、ほかにも鍼(はり)を使った頭皮改善法とか！」

鍼は血行がよくなると妃たちにも人気の美容法である。

見た目は奇妙な姿になるが、肌艶はもちろん髪にもいいと評判だった。

「鍼はですね、皮膚に刺すとその部分が『傷ついた！』と感じて自己修復力が高まるらしいんです。怜新様の髪を末永く美しくするためにぜひとも試してみたいなと」

「おまえは皇帝を何だと思っているのだ？」

怜新は懸命に説明する朱亜を見て少し呆れた様子である。「もしや、まだ素材と思われているのか……？」とも呟いた。

朱亜はそんなことはありませんと首を横に振る。

「怜新様は私の愛おしい方ですよ」

「本当に？」

「はい！」

笑顔できっぱりと言い切れば、怜新は目を細めて笑う。

「……ならば仕方ないか」

その笑った顔を見ていると、この方のそばにいられてよかったと思う。

後宮の髪結師から寵妃などあり得ないと思ったのに、今は演技でも何でもなく本当に妃として怜新の隣にいられるのは奇跡だった。

(私は諦めようとしたのに、この手を離さずにいてくださった)

繋いだ手を見つめれば感慨深いものがある。

怜新はそんな朱亜をそっと引き寄せ、頭に唇を落とした。

慣れるのにはもう少しかかりそうだが、手を離さずに逃げなかっただけでも及第点と思われているらしい。

祝福の大歓声はまだ遠くから聞こえていて、怜新と目を合わせた朱亜は笑みを零すのだった。

―本書のプロフィール―

本書は書き下ろしです。

小学館文庫

後宮の髪結師は月に添う

著者　柊　一葉

二〇二五年二月十一日　初版第一刷発行

発行人　庄野　樹
発行所　株式会社　小学館
〒一〇一－八〇〇一
東京都千代田区一ツ橋二－三－一
電話　編集〇三－三二三〇－五六一六
　　　販売〇三－五二八一－三五五五
印刷所――TOPPAN株式会社

この文庫の詳しい内容はインターネットで24時間ご覧になれます。
小学館公式ホームページ　https://www.shogakukan.co.jp

ISBN978-4-09-407436-9